평화통일
생명의 길로

- 남은자의 푸른 꿈 -

박 완 신

- 사랑하며, 감사하며, 기뻐하며 -

사랑하며 감사하며 기뻐하며 축복하며 산다는 것은 우리 인간 삶에 있어 가장 큰 보물이라 생각한다.

하나님을 사랑하고 이웃을 사랑하고 나라와 민족을 사랑하고, 세계인류를 사랑하고 나 자신의 정체성을 사랑함으로 세상에서 사랑의 빛을 발하며 산다는 것은 하나님이 주신 가장 큰 축복된 삶이다.

그리고 맑은 날이나, 눈, 비가 오거나 태풍이 몰아치는 어떤 날, 어떤 환경에서도 "항상 기뻐하고 쉬지 말고 기도하며 범사에 감사"하는 가운데 긍정적인 마음을 가지고 자기에게 주어진 분복에 절대적 감사로 사는 것은 참 자유자로 사는 거룩한 삶이라 할 수 있다.

그리고 하늘이 내린 지혜로 세상을 창조적으로 변화시켜 가는 삶이야말로 적극적이고 긍정적인 승리의 삶이라 할 수 있다.

이번에 세상에 빛을 보게 된 제4통일시집 "평화통일 생명의 길로 - 남은자의 푸른 꿈 -"에서는 부족한 나 자신이지만 하나님 은혜와 사랑 가운데 큰 축복을 받고 살아오게 된 지난날을 돌이켜 보며 영혼에 깊은 감동을 받아 기도하는 가운데 시상이 떠오를 때마다 메모를 해두었던 시와 수필, 논문들을 한 권의 책으로 묶어 펴내게 된 것이다.

특별히 사이버대학교 총장 임기를 마치고 남은 인생을 더 건강하게, 더 열심히 국가와 민족을 위해, 한반도 평화통일을 위해 섬기며 봉사하는 자로 살기를 소망하며 기도하는 마음으로 이 시를 쓰게 된 것이다.

제1부 "하늘의 청사진 속에 빛난 푸른 별"에서는 나의 인생을 되돌아보며 서사시적 표현을 담아 엮어 보았다. 어린 시절 고향을 떠나 인천과 서울에서 고학으로 중, 고등학교, 대학, 대학원을 졸업하고 사무관, 서기관으로 공직에 봉직하며 국가와 민족을 위해, 한반도평화통일을 위해 봉사할 수 있었던 것에 감사한다. 특히 법학, 행정학을 전공하여 법학사, 행정학석사, 행정학박사학위(북한행정전공)를 받아 민족의 평화 통일을 위해 열심히 뛰며 가르치며 북한학의 바른 인식을 전파하는 데 힘을 모았던 사역들, 통일문화 창출에 기여했던 섬김의 사역들을 시로 표현해 보았다.

그리고 대학에서 법학, 행정학, 북한학 강의를 통해, 그리고 국내 및 세계 여러 나라들을 순방하며 학계, 경제계, 종교계, 관계, 군 기관 등 강연과 회의를 통해, 또 방송, 신문 등 언론기관을 통해 보도했던 내용들을 시로 표현해 본 것이다.

제2부 "기쁨의 소식 안고 사랑의 노래를" 주제로 한 시는 하나님을 사랑하고 이웃을 내 몸같이 사랑하고 나를 사랑하고 가정을 사랑하는 마음을 담아 절대적 사랑을 실천하려는 나의 몸부림이 젖어 있음을 서정적 시로 고백해 보았다.

특히 과거에 감사하고 현재를 기뻐하며 미래를 기대하며 기다리는 마음으로 살아야 함을 시로 표현했다.

그리고 삶의 현장에서는 "항상 기뻐하고 쉬지 말고 기도하며 범사에 감사"하는 삶을 살도록 노력하는 모습을 시로 표현해 보았다.

제3부 "세상을 이기는 창조적 삶의 지혜"를 주제로 한 시에서

는 힘든 세상을 이겨나가는 창조적 지혜의 삶을 시로 묶어 보았
다. 고난도 교육임을 깨달아 고통이 밀려올 때 포기하지 말고 그
대로 순응하지도 말고 그러나 분복에 감사하며 도전적으로 창조
적으로 극복해나가는 긍정적이고 적극적인 삶의 지혜를 시로 표
현해 보았다.

제4부 "통일! 생명의 길로- 뜨거운 가슴으로 잡은 남북의 손
-"을 주제로 한 시에서는 내가 평생 분단된 우리 민족을 사랑
하는 열정으로 공부하고 가르치며 한국의 여러 곳과 북한을 두루
다니며 쓴 시이다. 오직 남북이 평화적으로 하나 되기를 바라는
마음으로 쓴 시이다.

특히 평양과 개성, 남포, 양강도 혜산, 금강산, 백두산, 묘향산
등 북한의 여러 지역을 방문하면서 남북학자들과의 회의와 기독
교대표회담에 참여하며 북한학계, 관계, 정계, 종교계의 현실과
북한주민들의 삶의 현장을 보고 느낀 소감을 그대로 시로 표현한
작품들이다.

제5부 "평화로 세계로 피어난 진리의 꽃"을 주제로 한 시에서
는 미국, 캐나다, 유럽, 중국, 일본, 러시아, 동남아, 아프리카
등 여러 나라의 교계, 학계, 정계, 관계, 사회단체 등 초청을 받
아 세계 인류의 평화와 민족의 통일, 선교, 행정, 경영 등 주제로
강연을 하면서, 그리고 시상이 떠오를 때마다 보고 느낀 점들을
시로 담아 보았다.

제6부 "하늘의 소망 안고 달리는 통일의 길"에서는 북한, 통일
문제에 관해 신문, 라디오, TV방송, 월간지 등 언론매체에 보도
한 논문, 사설, 시론, 산문, 수필, 수기, 대담을 중심으로 주요한
내용들을 간추려 소개했다.

그리고 2013년 개정된 행정사법에 따라 제1회 국가공인행정사
자격을 취득하여 법정법인 대한행정사협회 중앙회장 직무대행,

교육부회장, 행정심판 소망 대표로 섬기고 봉사하면서는 정부위탁을 받아 행정사시험 출신 및 고위공직 경력자 대상으로 행정사법령, 제도, 컨설팅교육을 통해 창업컨설팅을 지원하고 행정사법 제1조의 목적대로 국가 행정제도 발전과 국민 편익을 위해 섬기며 봉사할 수 있다는 것 큰 축복으로 생각하고 하나님께 감사드린다.

제7부에서는 "평화와 통일의 노래"를 저자(박완신)가 작사하고 "그리운 금강산"을 작곡한 최영섭 선생이 작곡한 곡 등을 수록했다. 이 평화통일의 노래가 우리 민족의 평화 통일을 위해 많이 불리어 지길 간절히 기원하면서 작사했다.

광복 70년, 분단 70년을 보내면서 분단된 우리 민족의 쓰린 아픔을 생각하며 어떻게 하면 심화된 남남갈등을 해소하고 남북이 질화를 극복함으로써 우리 민족의 평화통일을 이룰 것인가 하는 뜨거운 소망과 열정, 염원을 담아 쓴 글들이기에 민족의 평화와 통일, 세계 인류의 평화에 기여했으면 하는 마음 간절하다.

그리고 "평화통일 생명의 길로" 저자의 제4 통일시집이 나오도록 허락하신 하나님께 감사드리며 항상 기도로 내 삶의 여정을 함께해준 아내와 아들딸들, 그리고 이 시집을 출간해준 도서출판 답게 장소님 사장에게 감사한다.

아무쪼록 이 시집이 하나님을 사랑하고 이웃을 내 몸같이 사랑하며 나 자신의 정체성을 사랑하며 하나님이 창조하신 세계 모든 인류의 평화와 세계 유일한 분단국인 우리 민족의 평화통일을 이루는데 조금이라도 기여했으면 하는 마음 간절하다.

2015년 12월 25일 성탄절에
광복 70년, 분단 70년을 보내면서
서울 서초동 행정심판소망 대표실에서
저자 남은(南誾) 박 완 신

❧ 목 차 ❧

제1부

하늘의 청사진 속에 빛난 푸른 별

새해, 축복하고 기뻐하라

2015년 새해 황금 동이 터온다
푸른 하늘을 보라
진취와 온화를 품은 을미(乙未)의 푸른 양을 보라
나를 축복하고 남을 축복하라
내가 기뻐하고 남을 기쁘게 하라

축복하는 자 복을 얻고
저주하는자 저주를 받는다
기뻐하는자 복을 얻고
근심하는자 복을 잃는다
하늘의 대리자로 기쁨을 주라
축복권을 선포하라.

환경을 축복하라
내가 밟는 땅, 내가 있는 가정
내가 일하는 직장, 내가 만나는 사람
분복에 감사하고 기뻐하라.
먼저 그의 나라와 의를 구하라.

밝아오는 새해
아침 빛 같이 뚜렷하고
달 같이 아름답고 해 같이 맑고
깃발을 세운 군대 같이 당당한 자
누구인가? (아가서 6:10)
바로 나, 바로 너, 바로 우리
하늘의 기쁨에 동참하라.
하늘의 복을 누리라.

* 시작(詩作) 노트
　필자가 2015년 1월 1일 새해 첫예배를 드리면서 "예수의 기쁨, 우리의 기쁨" 소망교회
김지철 담임목사님의 설교말씀(요15:11)을 듣고 은혜 받은 가운데 지은 시임.

푸른 양의 꿈을 안고

2015년!
을미(乙未)년
새 하늘이 열렸다.
푸른 양의 꿈을 안고

어두운 밤
깊은 밤에
진취의 영
온화의 영
가득 실은 을미(乙未)호가
소망의 닻을 내린다.

푸른 양의 살과 피
가슴깊이 박힌
검은 뿌리 뽑아내고
하얀 빛으로 탄다

영원한 생명의 꽃은
환한 웃음 머금고
짙은 사랑의 향기 뿌린다.
메마른 땅
온 누리에 퍼져간다.

* 시작(詩作) 노트
　2015 1월 1일 새벽 5시 30분에 시작된 소망교회에서 저자는 소망교회 원로장로로서 신년 첫 예배를 드리고 성찬식에 분병, 분잔위원으로 참여하면서 기도하는 가운데 지은 시임.

일, 달란트의 축복

일, 달란트를 가진 자
축복의 동산에 있는 자다.

재능은 깨달음의 크기만큼
축복이 주어진다.
감사, 충성의 깨달음으로
엎드려 섬기며 부지런히 일하자
화원에 아름다운 꽃을 활짝 피우기 위하여

한 달란트를 땅에 숨겼다가
그대로 가져온 종 저럼
악하고 게으른 종이 되지 말자

두 달란트, 다섯 달란트 받은
착하고 신실한 종처럼 배로 남겨
주인과 함께 기쁨을 나누자.
축복의 꽃동산이 환하게 밝아온다.

* 시작(詩作) 노트

　2013년 행정사법 개정으로 제1회국가공인행정사자격을 받고 2014년 3월 18일 하나님은
혜가운데 서울 서초동에 "행정심판 소망" 사무실개소를 서초구청으로부터 허락 받아 예배를
드리면서 은혜 받은 가운데 지은 시임.

　특히 소망교회 곽선희 원로목사님께서 "섬김, 봉사" (마20:20-28)주제의 말씀에 은혜 받
고 시험합격자, 고위공직자 출신 행정컨설팅교육과 행정구제 등 나에게 주신, 법률, 행정, 교
육 달란트를 최대한 발휘하여 국가와 국민을 위해 섬기며 봉사하는 자세로 일할 것을 다짐
하면서 기도하며 지은 시임.

　달란트 비유(성경,마25:14-30)말씀에 은혜 받아 "행정심판소망" 대표로서 하나님나라 위
해, 국가와 민족, 국민을 위해 섬기며 충성, 봉사함으로 더 큰 축복의 통로 열어가길 기원하
며 지은시임.

2014년을 은혜로 마감하며

2014년을 보내면서
이루지 못한 소원 있어도
은혜로 마감하는 바른 결산을 하자.

지금 내가 이 자리에 서 있음을 기뻐하고
하늘의 은혜에 잡혀 있음을 감사하자.

피워보지 못한 꽃을 보며 아파하지 말고
거룩한 불만족으로 아름다운 꽃을 피워보자
깊은 잠에서 깨어 빛나는 새벽별을 보며

어렸을 때 움켜쥔 손
어른 되어 넓게 펴자
나이를 세지 말고
마음을 푸르게 가꾸자
목적없는 방랑자 되지 말고
목적지 향해 달려가는 나그네로 살자
어차피 나그네 인생길인데

오늘 은혜를 기뻐하고
내일 은혜를 기대하자
생명의 영, 사랑의 빛 비추는
저 푸른 하늘을 보며, 저 넓은 들판을 향해
빛의 갑옷을 입고 힘차게 뛰어가자.

* 시작(詩作) 노트
　2014년 12월 28일 한해를 마무리하는 소망교회에서 예배를 드리면서 담임목사님의 "거룩한 불만족" (빌3:12-16)주제의 설교말씀을 듣고 은혜 받은 가운데 지은 시임.

하늘의 청사진 속에 빛난 푸른 별

하늘의 보배로 뜬 섬
뜨거운 가슴이 끓는 모래섬에서
논밭을 가꾸며 고깃배 노 저으며
푸른 별의 꿈을 키웠다.

초등학교, 중 고등학교, 대학에의 꿈
고등고시, 석학의 비전
하늘의 청사진 속에 빛난 별
푸른 별의 소망으로 자랐다.

고급관료, 대학교수, 총장으로
소망의 장로로 기름부음을 받아
하늘의 복을 누렸다.
감사! 또 감사!

실패와 승리, 절망과 소망
고통과 기쁨, 불행과 행복
어두움과 빛의 갈림길에서
하늘의 청사진 속에 빛난 푸른 별
자유로, 평화로, 미래로, 세계로
두 손을 모은다.

*시작(詩作) 노트
　　2011년 2월 28일 세계사이버대학교 제7대 총장 임기를 무사히 마치고 퇴임예배를 드리는 가운데 이사장도 고별사를 하며 울고 총장인 필자도 퇴임사를 하면서 나오는 눈물을 감출 수 없었다. 교직원 모두가 사랑의 열기로 가득찬 퇴임식을 함께했다. 그래서 나는 "뜨거운 가슴으로 우리대학을 사랑했고 공의와 화평의 리더십을 발휘한 사랑과 공의, 화해의 총장으로 남기를 바라는 마음"으로 지난날들을 돌아보며 기도하는 가운데 쓴 시임.

대학 총장의 발자국

대학총장의 발자국
하늘의 뜻을 따라 그려진
한 폭의 산수화였다.

허리가 잘린 조국을 위하여
진리를 잃은 동포를 위하여
배움을 소망하는 학도를 위하여
공의와 평화를 심었다.

눈보라 칠 때 같이 손을 잡고
둥근 해가 뜰 때 함께 웃었던
사랑의 가족들
대학의 형제자매들
심장으로 영혼으로
뜨거운 가슴을 열었다.

진리의 요람을 향한
푸른 소망
절대적 사랑
초월적 화해
총장이 남긴 발자국
높고 푸른 빛을 크게 발하라.

흰 눈이 내리는데

흰 눈이 내리는데
검은 풀들은 솟고
세찬 바람 일으킨다.
그래도 황금 빛 내일을 본다
푸른 하늘을 본다.

하늘은 쉬임 없이
흰 눈꽃송이 뿌려
거짓, 불의로 물든
산과 들을 덮는다.
진리는
공의 빛 밝혔다.
정금으로 빛났다.

긴긴 세월 얽매였던
영혼, 마음, 몸의 상처
하늘을 보며 치유 받고
무릎 꿇고 감사를 키워
자유의 꽃 피우고
평화의 열매 맺었다.
승리 확정
하늘 영광

새 하늘을 보며 새 소망을 안고

새 하늘 보며
부름 받은 종
순종!
바닷가의 모래알 같이, 하늘의 별 같이
진리의 빛을 발하리라.

고향을 떠나라, 끊으라
내어 쫓으라,
리 사단(離 捨斷)
하늘에 순종, 새 빛을 발한다.
믿음의 조상으로, 복의 근원으로
일흔 다섯……

육신의 아버지 잃고, 영의 아버지 얻어
소망의 기름 부음 받은 종으로
나라의 일꾼으로, 진리의 스승으로
이제 내일을 향하여
새 비전, 새 소망을 안고
하늘의 빛을 발하리라

* **시작(詩作) 노트**

필자는 2013년 행정사법 개정으로 제1회 국가전문자격사인 행정사 자격을 받고 2013년 3월 "행정심판소망" 사무소를 창업했음. 그동안 공직, 대학교수, 총장의 경험을 살려 행정사협회 교육부회장으로서 고위 공직자창업교육과 행정규제, 행정심판 등 국민을 위해 섬기고 봉사하는 자세로 새 소망을 안고, 창세기 12장 1절부터 4절까지 성경말씀을 읽고 은혜 받은 가운데 기도하며 지은 시임.

남녘 하늘 아래 은혜

남녘 하늘아래
산과 들, 바다
흰 옷으로 갈아입어
하늘의 은혜를 품었다.

남녘의 나무, 나무엔
하얀 눈 꽃 송이
하나로 피었다.
하늘의 사랑을 본다.

하늘에서 빛난 별
남녘에서 강남으로
북녘에서 세계로
달린다. 뛴다.

남녘 하늘 아래 은혜
곧고 튼튼한 기둥으로
우뚝 서게 했다.
하늘의 별로 빛난다.

* 시작(詩作) 노트

  이 시는 저자가 2005년 11월 8일 서울 강남노회 정기노회에서 부노회장으로 선출된 후
12월 6–7일 서울 강남노회 임원수련회 때 눈 꽃송이 만발한 진주에서 목포까지 해안의 아
름다운 길을 달리면서 기도하는 가운데 필자의 호를 "남녘 하늘 아래 은혜"의 약자인 남은
(南恩)으로 지어야겠다는 지혜를 하나님께서 주셔서 은혜 가운데 지은 시임.

남은자의 푸른 꿈

하늘이 선물로 준
영혼을, 마음을, 육신을
축복하라.
남은자의 푸른 꿈을 꾸며

노을 진 서쪽하늘 아래서도
늘 푸른 소나무처럼
한 겨울 붉은 옷 자랑하는
단풍잎처럼
추위에도 그 향기 팔지 않는
매화처럼
의의 꽃으로 남고 싶다.
사랑의 향기 짙게 뿌리며

하늘을 사랑하고
이웃을 사랑하고
가족을 사랑하고
나라를 사랑하고
범사에 감사하며
반 평생 통일 꾼으로 살아온
남은자의 푸른 꿈
허리가 동강난 채 아픈 상처 안은
7천만 겨레의 밝은 웃음을 보고 싶다.
뜨거운 가슴으로 따뜻한 하나됨을 보며
통일의 꽃 동산에 평화의 빛으로
진리의 향기 뿌리고 싶다.
바알에도 무릎꿇지 않는 칠천의 남은자처럼

* 시작(詩作)노트

이 시는 작자 박완신의 호 남은(南恩)을 생각하며 기도하는 가운데 지은 시임. 남은(南恩)은 남녘의 은혜, 따뜻한 하나님의 사랑과 은혜를 입고 끝까지 진리 안에 남은자로 살기를 원하는 작자의 생을 의미하고 있음. 앞으로의 남은 삶도 오직 하나님을 사랑하고 이웃을 사랑하고 가족을 사랑하고 나 자신의 영혼과 마음과 육신을 축복하며 영육 간에 강건하게 살기를 기원하는 마음을 시로 표현하고 있음. 남은 생 오직 하나님나라에 목표를 두고 하나님의 영광을 위하여 내게 주신 분복에 감사하며 공의의 빛을 발하고 진리의 말씀 안에 굳게 서서 꿈과 비전을 갖고 끝까지 남은자로 살기를 바라는 마음을 담은 시에 담고 있음.

특별히 하나님의 강권적인 역사로 북한학을 공부하도록 하셔서 고위공직자로 대학의 북학한학과 교수로, 총장으로, 공직에서, 교직에서 국가를 위해, 분단민족의 평화통일을 위해, 북한선교를 위해 반평생을 봉사하게 하신 하나님께 감사드리며 앞으로 꼭 세계 유일한 분단구가인 한반도의 평화적인 통일을 보며 통일국가에서 서로 사랑하며, 섬기며 살기를 기원하는 마음을 이 시에 담았음. 특히 바알신 앞에서도 무릎 꿇지 않은 7천명의 이스라엘인처럼 하나님만 전적으로 의지하며 국가와 민족을 위해 사랑의 빛을 발하며 공의롭게 살기를 바라는 것이 작자의 삶의 꿈이요 비전임.

성경 열왕기상 19:15-18절 말씀대로 이스라엘 당시 바알은 풍요와 다산을 상징하는 이방신이었음. 오늘날로 말하면 바알 신은 돈 신이라 할 수 있음. 물론 우리 삶을 유지하기 위해 돈도 필요하지만 하나님보다 돈을 더 사랑해서는 안 되므로 믿음을 희생시키지 않는 범위에서 돈도 열심히 벌어 하나님나라와 국가사회와 이웃, 가족의 삶을 위해 사용해야함. 그런데 당시 이스라엘인 7천명은 끝까지 바알신에게 무릎 꿇지 않고 남은자로 신앙을 지켰음을 하나님은 성경 열왕기상 19:18절 에서 말씀하심. 작자도 바알신 앞에 무릎 꿇지 않은 7천명처럼 세상 것에 의존하지 않고 오직 하나님만 바라보며 공의롭게 열심히 일하며, 사랑하며, 섬기며 끝까지 남은자로서 푸른 꿈과 비전을 갖고 항상 청춘으로 남아 바른 삶을 살기로 다짐하면서 지은 시임

일하는 자의 축복

하늘은 천지를 창조하고
아직도 일을 한다.
그래서 나도 일을 한다.

일할 수 있음을 감사하라
일이 있다는 것은
하늘이 준 축복이다.
일을 즐기는 자
행복을 창조한다.

일의 목표를 하늘에 두자
생명을 살리는 일을 하자
사람을 죽이는 언어, 행동을 버려야 한다.
사람에게 소망, 기쁨, 축복의 통로가 되어야 한다.
그러기 위해서는 나 자신부터 선하게 가꾸자
섬김, 겸손, 관용, 절제, 인내, 기쁨, 사랑의 사람으로

* 시작(詩) 노트
　이 시는 2015년 11월 8일 주일, 소망교회 장로장립식(박지환, 박경희장로장립) 예배 시
"하나님께서 일하시니 나도 일 하신다"(요5:16-18)는 김지철 담임목사님의 설교말씀을 듣
고 은혜받은 가운데 장로직분자로서 어떻게 살아가야 할까를 생각하며 기도하는 가운데 지
은 시임.

감사와 불평

감사는 생명이다.
사랑, 용서, 기쁨, 자유를 낳는다.
평안, 감사를 굳게 잡고 살자.

불평은 사망이다.
미움, 원망, 슬픔, 노예를 낳는다.
불안, 공포를 빨리 차단하자.

숨 쉬고 사는 세상
근심 걱정이 묻힌 산 넘어 산이다.
쌍무지게 뜨는 언덕을 넘으면
험준한 높은 산령이 또 있다.

"수고하고 무거운 짐 진 자들아 다 내게로 오라
내가 너희를 쉬게 하리라"(마11:28)
우리의 죄, 걱정, 불안, 아픔을 대신 지고가신
주의 십자가를 바라보자.

지금 내가 서 있는 자리
나의 나됨을 감사하자.
감사는 영적지수를 높이는 길
감사로 하늘에 영광을 쌓자.
감사로 소망의 나래를 펴자.

* 시작(詩作) 노트
   2015년 11월 15일 추수감사주일 예배에 참석하여 소망교회 담임목사님으로 부터 "감사
와 불평사이에서"(시편50:22-23)주제의 설교말씀을 듣고 은혜 받은 가운데, 기도하며 지은
시임.

바로 나

내가 잘 되고
가족이 복 받고
나라가 번영한 것은
하늘이 내린 선물

내가 어렵고
가족이 힘들고
나라가 어지러운 것은
하늘이 준 교육

바로 나!

........하여
나를 먼저 바로 세우자
영혼을
마음을
육신을
진리의 띠로 굳게 묶어
무릎 꿇고
두 손을 모으자
저 푸른 하늘을 보며

* **시작(詩作) 노트**
　이 시는 2014년 11월 30일 처제가 목회하고 있는 인천 송도에 위치한 시온교회에 가서
예배드리며 은혜 받고 나 자신의 부족하고 나약함을 돌아보며 하나님께 기도하는 가운데 지
은 시임.

어두움에서 빛으로

한낮 빛이 있을 때
어두움을 생각하라
어두움을 대비하라
빛의 날을 기대하며

어두움이 닥쳐왔을 때
어두움을 인정하라
반드시 빛을 볼 수 있다는 신념으로

어두움에서 벗어나기 위해서는
지난날의 삶의 길을 돌아보아야 한다.
돈 쓰는 방법, 돈 버는 방법을 고치고
인간관계를 수정해야 한다.
꿈과 열정을 가지고
절대 긍정의 마음으로 푸른 꿈을 가꿔야 한다.

절대시간인 크로노스에 메이지 말고
상대시간인 카이로스를 생각하자
기회가 왔을 때
카이로스의 시간, 기회를 잡자
내일의 빛을 바라보며

먹구름 속에서도 빛난 별

천둥 번개 치고
먹구름 덮인 하늘에서도
빛나는 별로
반짝여야 한다.

종살이
감옥살이에서도
자신을 지키고
하늘을 본 요셉처럼
절벽아래 굴러도
꿈을 잃지 않는
자존의 빛을 발해야 한다.

섬김의 빛
헌신의 빛
정의 빛
진리의 빛
세상을 향해 밝혀야 한다.

하늘아래 축복의 삶

하늘
궁창
땅과 바다
천지만물을 창조하여
자연 계시로
아름다운 축복의 삶을 열었다.
자기형상대로 만든 인간을 위해

하늘은
사람들을 사랑하여
말구유의 예수
그 이름 임마누엘을 보냈다.
인류구원을 위해

십자가, 부활, 재림
사랑, 생명, 소망
고난 속에서도
승리의 깊은 음성 들려주었다.

성부, 성자, 성령
삼위일체의 신
성령은 사랑의 영, 지혜의 영
진리의 영으로 빛나
은혜의 단비를
폭포수 같이 뿌렸다.

주와 동행하므로
하늘아래 축복의 삶을 열었다.

저무는 황혼 길에서도

저무는 황혼길에서도
지는 해만 보지 말고
뜨는 달을 바라보자
내일 떠오를 밝은 태양을 보자.

저무는 황혼길에서도
노을을 가슴에 담아보자
겨울을 위해 손발을 모아 뛰자
땀 흘려 먹이를 나르는 개미처럼

푸른 꿈 꾸며 형통의 노래 부르자

어두운 어제도
형통의 날이었음을 알자
힘겨운 오늘도
형통의 노래 부르자
내일을 향한 형통의 꽃 피우기 위해

암흑, 환란까지도
형통의 길임을 깨닫자.
노예생활에서도
감옥살이에서도
인간의 눈으로 볼 때
형통이 아니더라도
계획하지 않는 일이 이루어 진다해도
모든 생의 과정에서
사랑의 꽃 피우자.

생의 과정도, 결과도 형통했던
요셉처럼
하늘과 함께함으로
진리안에 형통의 복 누리자.

......하여
내일을 향해 달리자.
세상의 흐름을 알고
자기의 위치를 보고
개미처럼 오늘을 땀으로 살자
내일의 푸른 꿈을 꾸며
하늘을 향해
무릎을 꿇자.

하늘에 백지 위임을

내가 가진 모든 것
건강, 지식, 명예, 물질을
다 비우고
하늘에 백지 위임을 하자

...... 그 때
하늘이 나를
푸른 초장으로
인도 해 주신다.
나의 기업을
경영해 주신다.
나의 영원하신 기업까지도......

하늘에 백지위임을 하자
온 마음으로, 온 몸으로
무릎을 꿇었던
야곱, 모세, 다윗, 솔로몬
히스기야, 엘리야, 에스더,
사도바울처럼......

겸손과 교만

겸손은
성공의 문을 열고
교만은
실패의 구덩이를 판다.
하늘이 내린 자존감은 갖되
교만의 뿌리를 뽑아 버리자
고개 숙인 벼 이삭 처럼
풍성한 결실을 맺기 위해

교만은
사람들을 멀리 떠나게 하고
고독의 쓴 잔을 마시게 한다.
풍랑대해의 돛단배와 같이

섬기는 자가 섬김을 받는다는
진리 따라
겸손의 거룩한 옷을 입자
겸손은
사람들을 모이게 하고
기쁨과 사랑의 꽃을 피운다.
쉴만한 물가
자유와 평화의 동산에서
뛰 노는 어린 양 떼처럼
행복의 나래를 활짝 펼 수 있다.

외투를 벗자

내가 입은
외투를 벗자.

허영
거짓
위선
자랑
교만

외투를 벗자.

지금 내가 가진
그대로를
활짝 보이자

외투를 벗자

일용할 양식

인간은
하늘의 양식
땅의 양식을
함께 먹어야 산다.

땅의 양식만
먹고 살면
욕심을 낳고
불행의 씨를 키운다.

일용할 양식에
감사하라
오늘 세끼 먹는 걸로
만족하라
땀 흘려 일하라.

내일을 위해
달려갈 자세를 취하라
내일 일은
내일에 맡기라
오늘을 감사하고
내일을 준비하는 자를
하늘은 복을 내린다.

건강을 다스리는 마음

돈을 잃으면
조그만 것을 잃고
명예를 잃으면
많은 것을 잃고
건강을 잃으면
모든 것을 다 잃는다.

건강하려면
탄수화물, 단백질, 지방, 무기질(미네랄), 비타민
5대영양소를 먹고
운동도 꾸준히 해야 한다.
그러나
좋은 음식, 좋은 운동도
지나치면 건강을 해친다.

마음의 평화를 누리자
평화는 지나칠수록
건강에 이롭다
건강을 다스리는 마음을 갖자

마음에서 지면 세상에서도 진다.
건강에서도 진다
마음을 기쁘게 창조하자
감사로 세상에 평화를 심자
하늘이 준 평화를

복 있는 사람은

복 있는 사람은
죄악의 길
멀리하고
오만한 자리
앉지 아니한다.
진리를 즐거워한다.

진리에 뿌리를 둔 복은
완전한 복

복에는 고통도 따른다.
고난은
친구일 수도 있다.
평안은
적일 수가 있다.

웃음은 화장품
웃음은 빛
맑은 향기
복의 나래를 편다.

불가능이 없다는 믿음

불가능이 없다는 믿음이
가능의 대로를 연다.

불가능하다고 믿으면
가능성은 그림자라도 남기지 않는다.

실패가 가능하다고
믿는 순간
성공은 멀리 가버린다.

"할 수 있거든이 무슨 말이냐
믿는자에게는 능치 못할 일이 없느니라"
(성경 마가복음9:23)

내일을 보며

내일을 보며
어제를 잊자
오늘을 열자

영혼의 회복
육신의 강건
마음의 평강
오늘의 열정
미래의 꿈으로……
끝났다.
늦었다.
올무 끊고
지금 바로
시작의 줄을 잡자
소망의 빛으로……

첫 눈을 기다리는 마음

봄 여름 가을이 가고
겨울의 문턱에 닿아 서서
첫 눈을 기다리는 마음은
사랑하는 사람을 보고 싶은
그 불타는 뜨거운 가슴이었다.

2015년 12월 7일
첫 눈은 기다림의 함성으로 타
때 묻은 길에도, 들에도, 산에도, 강에도
하이얀 옷으로 갈아 입혔다.
천사의 노래 메아리 친다,

현재도 오셨고
앞으로도 다시 오실
사랑의 기쁜 소식 기다리며
평화의 내일 소망 기대하며
어제에 감사하고
오늘을 열정으로 살아가리라.
지혜와 순결함이 있는 그 열정으로……

＊ 시작(詩作) 노트
　　2015년 12월 3일 대림절 4주간이 시작되는 첫 주간에 눈이 기다림 속에 내렸다. 온 세상을 하얗게 물들인 첫 눈을 보며 예수그리스도의 성탄과 다시 오실 주님을 기다리는 마음으로 기도하며 지은 시임.

기다림의 사람

기다림은 소망이다.
기다림은 생명이다.
기다림의 영으로 살자

마음이 아플 때
가슴이 쓰릴 때
온몸이 저릴 때
웅덩이 수렁에서도
기다림의 사람으로 굳게 서자.
내가 절벽에 떨어졌을 때
하늘 문이 열린다.

하늘을 보며 소망하고
땅을 보며 절망하지 말자.
조급하게 오늘을 단정하지 말고
내일을 기다리는 여유를 갖자.
기다림은 축복의 통로이다.

* 시작(詩作) 노트
　2015년 11월 29일 대림절 첫번째 주일을 맞아 저자가 시무하는 소망교회에서 예배를 드리며 "기다림의 사람들"(예레미야애가 3:19-26) 주제로 담임목사님의 설교말씀을 듣고 은혜받은 가운데 기도하며 지은 시임.

성탄은 하늘의 선물이다

죄악에서 자유로
어둠에서 빛으로
사망에서 생명으로
절망에서 소망으로
타락에서 구원으로
……인도한 성탄은
하늘이 준 선물이다.

성탄의 큰 선물
영혼에, 마음에, 육신에
깊이 간직하고
의의 길, 승리의 길, 화평의 길
새 생명의 길로 달려가자
저 푸른 하늘을 바라보며

* **시작(詩作) 노트**

2015년 12월 25일 저자가 성탄절 맞아 하나님께 예배드리며 기도하는 가운데 지은 시임.

절벽아래서도

절벽아래서도
푸른 하늘을 보았다.
먹구름도
안개도
천둥번개도 보지 않았다.

절벽아래서도
맑은 하늘만 보았다.
절망도
불안도
아픈 상처도 보지 않았다.

절벽아래서도
밝은 빛을 보았다
어두움도
아픈 어제도
보지 않았다.
내일을 향한 푸른 꿈만 심었다.

폭풍우 몰아쳐도

폭풍우 몰아쳐도
밝은 태양을 보며
뜨거운 심장으로 뛰자.

옷이 벗겨지고
몸이 부서지고
가슴이 찢어져도
푸른 하늘을 보며 웃자

깊은 밤이 지나면
새벽이 밝아 오듯이
폭풍우가 지나면
맑은 날이 온다.

하늘이 복을 내리는 진리 따라 살자
"눈물을 흘리며 씨를 뿌리는 자는
기쁨으로 거두리로다."라는
다윗의 고백처럼……

* 시작(詩作) 노트
　필자가 2011년 대학총장 퇴임 후 2012년 장인, 장모님의 중환자실 입원(장모님 별세)과 아내 홍경순권사의 허리수술과 아픔. 아파트 이사, 총장으로 몸담았던 대학의 교육부 감사 등으로 3년 여간 민.형사사건 등 한꺼번에 몰아닥친 시련은 나의 가슴을 에이는 듯 했다. 그러나 하나님께 기도하며 기쁨으로 찬양하며 범사에 감사함으로 영적으로, 육적으로 치유 받고 소송사건은 2015년 11월. 모두 저자의 승소로 끝났다. 하나님께서 주신 승리이다. 고통을 이길 수 있는 지혜와 힘을 주신 하나님께 감사드리며 시편126편 5절을 묵상한 가운데 지은 시임.

목이 마르다

내가 목마를 때
내가 외로울 때
내가 탄식할 때
세상은 등을 돌리지만
하늘은
목자가 잃은 양을 찾듯
사랑으로 나를 찾는다.
영원한 생명수로
내 영혼의 갈증을 채워준다

사랑의 주를 바라보라
"내가 목마르다" 외친 그 주를......

다시 살리라

인류에 소망을
세상에 평화를
인간에 자유를
부활의 능력으로

부활의 아침
어둠을 빛으로
미움을 사랑으로
슬픔을 기쁨으로
죽음을 생명으로
다시 살리라
부활!

인생 역전

가진 것 잃었을 때
가슴을 치는 망치소리
그 절망의 소리 뒤로하고
저 높은 하늘을 보라

잃어버린 비단옷 던져 버리고
오늘 입고 있는 무명옷에 감사하자
잃어버린 것이 있으면
남은 것 또한 있다

어제의 잘못을
심장을 때리는 참회로
씻어 버리고
소망의 길
진리의 길을 선택하자
높은 하늘에 초점을 맞추라
인생을 역전 시킨
나오미처럼, 룻처럼......

* 시작(詩作) 노트
   성경 룻기(1:122)를 읽으며 기도하는 가운데 시상이 떠올라 이 시를 쓴 것임. 룻기에 나
오는 나오미는 가정(남편과 두 자식 잃음)과 함께 모든 것을 잃어버렸지만 남은 것 생각하며
하나님께 초점을 맞추고 회개하며 간절히 기도하는 가운데 인생역전의 기쁨을 맞이한 복된
삶을 살게 되었음. 나오미를 따른 며느리 룻도 시어머니 봉양하며 살았으므로 복된 삶을 누
리게 되었음.

노 을

태양은
동녘의 어두움을 뚫고
황금빛으로 솟아
은빛 새벽
금빛 물결로 출렁인다.

낮에는
암흑의 땅
온 누리에
꽃 노을을 활짝 열었다.

저녁 노을
서쪽 바다는
자주 빛, 분홍 색 옷 갈아입고
푸른 하늘을 노래한다.
새 생명의 노을을 그리며……

* 시작(詩作) 노트
  이 시는 관동대학교법정대학 교수와 세계사이버대 총장을 역임한 저재(南恩 박완신 시인)
이 2011년 10월부터 서울특별시 서초구 방배노인종합복지관 문예창작반과 컴퓨터반, 아코디
언반에서 문학과 음악(아코디언), 컴퓨터를 배우며 비전을 안고 행복한 나날을 누릴 수 있는
노년기 삶에 감사하며 지은 시임.
  "태양은 동녘의 어두움을 뚫고 황금빛으로 솟아"는 인생의 탄생을 의미하고 "낮에는 꽃
노을을 활짝 열었다"는 것은 젊은 날 세상에 빛으로 솟아 국가와 민족을 위해, 인류를 위해
많은 글로 강의를 통해 공직자로, 교육자로서 사명을 잘 감당할 수 있었던 은혜에 감사하는
마음을 담아 표현한 것임. "저녁노을"은 인생의 노년기에도 붉은 빛, 자주 빛, 분홍빛으로
아름다운 생을 장식하며 새 생명의 노을을 그리면서 새로운 소망가운데 열정적으로 살아가
고 있는 노년기 풍성한 삶을 의미함.

정든 땅 떠나려할 때

정든 땅 떠나려할 때
그 땅에 메이지 말자
새 하늘, 새 땅이 기다리고 있지 않는가
저 높은 하늘의 본향이 있지 않는가

가족의 아픔
자녀들의 울부짖는 소리
산소 호흡기를 낀 부모님의 생(生)과 사(死)의 기로
공의를 외쳤던 대학 총장의 갈림 길
한꺼번에 몰아닥친 폭풍 전야다
그래도
저 높은 하늘을 보며
뜨거운 눈물로 두 손을 모은다.
무릎을 꿇는다.

어둠이 짙게 깔릴 때는
반짝이는 별들을 보자
깊은 밤이 지나면
새벽의 여명이 밝아 오듯이
빛이 비추어 오고 있지 않은가
저 하늘의 밝은 빛이……

하늘은 나의 피난처

하늘은
사슴이 시냇물을 갈급함같이
목마른
나의 울부짖음을 들어주었다.
가파른 절벽에서 나를 잡아주었고
어두운 동굴속에서 빛을 보게했고
깊은 수렁에서 나를 끌어올렸다.

하늘은 나의 피난처
영원한 나의 요새
......하여
땅이 요동하고
산이 흔들리고
바다가 흉용하고
전쟁의 먹구름이 덮여와도
나는 두렵지 않다.

하늘은
나를 반석위에 끌어올리고
내 걸음을 견고케 하였다
새 노래로 찬양하리라
영원한 하늘을

* 시작(詩作) 노트
　이 시는 성경 시편 42편과 46편을 읽고 은혜 받은 가운데 기도하며 지은 시임

하늘의 법을 따라

눈물로 씨를 뿌리는자는
기쁨으로 단을 거두리라
하늘의 법을 따라 살자.

뼈를 깎는 아픔이
가슴을, 영혼을 에워싸도
진리의 규례대로 살자.

고난당한 것도 유익하니
환난중에도
감사의 노래 부르자.

파수꾼이 아침을 기다림 같이
내 영혼 하늘의 빛을 기다리니
시내가에 심은 나무처럼 항상 푸르다.

하늘이
집을 세우지 아니하면
세우는 자의 수고가 헛된 것
하늘이 성을 지키지 아니하면
그 성은 지붕의 풀과 같다.

진리가 꿀 같아
아침마다 가슴에 새기니
내 영혼 편하다.
하늘의 인자함이 영원하다.

* 시작(詩作) 노트
　성경 시편 119편부터 136편을 읽고 은혜 받은 가운데 지은 시임.

저 높고 푸른 하늘이 있기 때문

천둥 번개치고 소나기 쏟아지는
폭풍 심야 벌판에서도
쓰러지지 않고 굳게 설 수 있었던 것은
오직 저 높은 하늘이 있었기 때문

환난에서도 꺾이지 않고
위기에서도 두렵지 않음은
나의 요새요, 방패요, 반석이 되는
저 푸른 하늘이 있었기 때문

상한 갈대와 같은 연약한 나에게
하늘의 기름부은 종, 소망의 장로로
국가의 공복으로
대학교수, 총장으로
통일선교의 역군으로 우뚝 세운
저 높은 하늘을
내 영혼 깊은 곳에서부터 찬양하자.

결실한 포도나무 같은 현숙한 아내를 주고
아름답게 다듬은 궁중의 모퉁이 돌 같은 딸들을 주고
크게 장성한 푸르른 소나무 같은 아들을 주어
사랑으로 하나된 가정을 이루게 한 하늘
형제가 연합하여 동거함이 어찌 그리 선하고 아름다운고......
(시133:1)

이제
하늘이 창조한 천지만물을 보며
정적인간에서 동적인간
창조적 인간의 가치를 찾자

해와 달, 별
땅과 산, 강
천지만물을 창조한 하늘이 있기 때문

모진 고통속에서도 무너지지 않고
우뚝 선 것은
시간과 역사속에 존재하는 하늘이 있기때문

쓰린 가슴도 달래주고
아픈 상처도 치료하는
사랑과 치유의 높은 하늘이 있기 때문

하여
수금과 비파로, 소고와 나팔로, 기타와 아코디언으로
춤을 추며 기뻐 뛰며
저 푸른 하늘을 함께 노래하자.
내 영혼의 깊은 곳에서부터 저 높은 하늘을 찬양하자.

*시작(詩作) 노트

  2013년 6월 꿀 송이처럼 달게 다가온 성경 시편을 읽고 은혜 받은 가운데 사상이 떠올라
기도하는 가운데 지은 시임.

명가의 진주

하늘이 내린
명가
세상에서
진리의 빛으로 탄다.

인간이
물권이
금권이
명가로 들어오고
명가에서는
하늘의 빛을 발한다.

값진 진주
명가를 채우고
들어오는 사람
나가는 사람
지키는 사람
하나 되어
진주로 장식했다.
천국의 진주로

하늘아래 푸른 풀처럼

하늘아래 푸른 풀을 보며
시들을까 마를까
염려하지 말라
육체는 쇠잔하고
심령은 찢겨졌으나
청춘으로
독수리 같이 새롭게
하늘은
나를 푸른 초장으로 인도한다.

하늘은
나의 반석
영원한 나의 방주
하늘에서 한 날이
땅에서 천날보다 행복하다.
하늘의 문지기로 사는 것이
세상의 장막에 사는 것 보다 귀하다.

하늘을 노래하라
모든 죄는 사함 받고
모든 병은 치료받고
가진 소원을 만족케 하며
파멸에서 생명으로 인도한다.

* 시작(詩作) 노트

　성경 시편 73편(25~26절), 84편(10절), 103편(1-5절)을 읽고 노년기의 인생을 생각하며
기도하는 가운데 지은 시임.

미래와 소망

소망을 잃은 자는
절망의 늪에 빠진 자다
삶에 대한 권태, 실증으로
지루함에 묻혀 있는 자다.

이제
내일의 밝은 소망을 보며
절망의 늪에서
빠져나와야 산다.
그래야 세상을 이길 수 있다.

하여
하늘을 향한 소망으로 살자
아침빛 같이 뚜렷하고
둥근 달같이 아름답고
중천에 뜬 해같이 밝고
승리의 깃발을 든 군대같이 당당한 자
바로 나!
하늘의 사람으로 살자.

* 시작(詩作) 노트
  2013년 10월 6일 소망교회 창립 36주년을 맞아 담임목사님의 "미래와 희망을 주노라"
(예레미아 29:10-14)라는 주제의 설교 말씀을 듣고 은혜 받은 가운데 기도하며 지은 시임.

소망 동산에 살고 싶다

푸른 소나무와 함께
붉은 단풍잎 방긋이 웃고 있는데
산자락에 쌓인 첫 눈은
하늘의 순결함을 자랑한다.
이 소망동산에 살고 싶다.

하늘의 향기 그윽한 산에
진리로 선 소망동산
기도하는 두 바위 손
"소망교회 성도의 묘"로 우뚝 섰다.
"나는 부활이요 생명이니" 말씀과 함께

남은자로 사는 삶
믿음, 소망, 사랑
기쁨, 감사, 화평으로 함께 한 삶
하늘의 부름 받을 때
소망동산에서 영원히 살고 싶다.

흙으로 돌아가서
"나는 흙이니 흙으로 돌아갈 것이라"는
말씀을 새기며
무릎 꿇고 두손을 모은다.
영원한 하늘나라에서 편히 쉬고 싶다.

* 시작(詩作) 노트
   2014년 12월 4일 작자가 소망교회 은장회 회원들과 함께 리뉴얼공사로 새롭게 단장한 소
망수양관을 방문, 말씀기도회에 참석하여 목사님의 "거듭남의 영성"(성경요한복음 3:1-17)
주제의 말씀을 듣고 은혜 받은 가운데 소망동산을 돌아보며 "소망교회 성도의 묘" 앞에서
기도하며 지은 시임.

제2부

기쁨의 소식 안고 사랑의 노래를

쉴만한 물가 사랑의 노래

하늘이 초대한
푸른 초장
쉴만한 물가
청풍호에서 본향을 본다.

성령의 단비 내려
풀향기 더 짙고
더 푸르다.
사랑의 노래 드높다

5월! 가정의 달
한상에 둘러앉은
호사나 가족
하늘을 향해 두 손을 모았다.

하늘을 사랑하라
이웃을 사랑하라
호산나 노래 부르자.
사랑의 온전성을 이루라.

* 시작(詩作) 노트
　이 시는 2011년 가정의 달, 5월 21일(토) 부부의 날을 맞아 청풍호반에서 호산나 찬양대
원 야외예배를 드리며 필자가 대표기도한 후 지은 시임.

십계명, 사랑으로 완성

시내산에서 모세에게 내린
하늘의 법 십계명
출애굽한 자유인에게
구속가운데 참 자유를 주었다.
절대적 사랑의 완성이다.

"하늘 외에 다른 신을 두지 말라"
"우상을 섬기지 말라"
"하늘의 이름을 망령되이 부르지 말라"
"안식일을 거룩하게 지키라"
"부모를 공경하라"
"살인하지 말라"
"간음하지 말라"
"도둑질 하지 말라"
"이웃에 대하여 거짓 증거하지 말라"
"이웃의 집을 탐내지 말라"

십계명을 사랑으로 완성하신 주
"네 마음을 다하고 목숨을 다하고 뜻을 다하여
주 너의 하나님을 사랑하라".
"네 이웃을 네 자신 같이 사랑하라"
"이 사랑은 온 율법과 선지자의 강령이라"
십계명을 완성하는 삶으로
세상에 공의의 빛을 발하자

* 시작(詩作) 노트
  성경 출애굽기 20장 1절부터 21절까지 읽고 은혜 받은 가운데 기도하며 편집한 시임.

하늘 사랑, 인간 사랑

하늘 사랑
생애 최종 목적으로
궁극적 소원으로
두 손을 모으자

하늘을 먼저 사랑하고
인간을 사랑하고
이웃을 내 몸같이 사랑하자
나 자신도 사랑하자
하늘이 창조한 세상 만물을 사랑하자

하늘을 만족하고
하늘에 감사하자
내게 주어진 분복을 감사하자
하늘을 기쁘게 하자

하늘로 채워
하늘과 동행하고
하늘명령 따라 살자
하늘나라 위하여......

사랑으로 화평을

마른 떡 하나 있고도
화목하는 것이
곡식이 창고에 가득하고도
불화하는 것 보다 낫다.

하늘과 화평하고
나 자신과 화합하고 이웃과 화합하라
하늘나라 평화를 이루자

자신과의 화평을 위해
자기 마음을 다스리라
마음의 즐거움은 양약이 되나
심령의 근심은 뼈를 마르게 한다.

미련한자의 입술은 다툼을 일으킨다.
이웃과의 화평을 위해
남의 허물을 말하지 말라
허물을 덮는 자는 사랑을 구하는 자요
허물을 말하는 자는 미움을 구하는 자다.
다툼을 즐기는 자는 죄의 수렁에 빠지게 된다.
사랑으로 이웃과 화평을 이루자.

먼저 화평하고
하늘에 제물을 드리라
평화위해 생명까지도 바치는
사랑과 정의의 평화를 가꾸자.

* 시작(詩作) 노트
  성경 잠언 17-18장을 읽고 은혜 받은 가운데 기도하며 지은 시임.

사랑의 단비 내린다

아침 맑은 햇살 뚫고
사랑의 단비 내린다.
머리, 팔다리, 온 몸을 적신다.
하늘의 사랑
엄마의 사랑

유모차를 밀고 가는
엄마의 손, 발, 가슴에
뜨거운 사랑의 단비 내린다.

유치원에 가는 어린이는
유모차에서 엄마, 아빠
사랑 노래 부르며
행복의 꽃 웃음 활짝 편다.
어디에서도 찾아보기 어려운
순전한 사랑과 평화, 행복
하늘의 사랑으로 꽃 피운다.

* 시작(詩作) 노트
　2015년 7월 6일 월요일 아침 출근길에 동네 한 엄마가 유모차를 밀고 어린이집으로 가는
길에 엄마의 온몸에 젖은 뜨거운 사랑, 어린 딸의 엄마, 아빠 부르는 행복한 얼굴을 보며 지
은 시임.

빛과 어두움

세상에도 빛과 어두움이 있듯이
인간에도 빛과 어두움이 있다
나 자신에게도 항상 빛과 어두움이 함께 함을 본다.
하얀 양이 있고 검은 늑대가 도사리고 있다.
하얀 양을 잘 길러 검은 늑대를 이기도록 하자
빛으로 승리하자.

어두움을 벗고
빛의 갑옷을 입자.
어두움은 사망이요
빛은 생명이다.

빛으로 거듭나야 산다.
영혼이 살고
육신이 사는 길이다.

하늘과 사람과 환경과의 관계를 잘 갖자.
굳건한 믿음으로, 뜨거운 사랑으로

포도나무에 가지가 잘 붙어 있어야
크게 자라고 알찬 열매를 맺는 것처럼
하늘에 딱 붙어 빛 가운데 살자
빛의 열매를 맺도록 하자
사랑, 희락, 화평, 자비, 양선, 인내, 온유, 절제의 열매를

광야에서 구름기둥 불기둥을 보자

인생길은 광야에 사는
나그네 길이다.
뜨거운 태양 빛에 타기도 하고
천둥 번개 태풍에 날리기도 한다.
눈보라치는 추위에 떨기도 한다.

이스라엘 광야 40년
애굽으로 돌아가려는 갈등
그런 이스라엘이 되지 말고
내일을 향한 마음의 갑옷으로 갈아입자.
오늘의 만나로 나를 인도하는
구름 기둥, 불 기둥을 바라보자.

광야를 보며 광야교회 구원의 과정을 배우자.
흔들리는 마음을 바로잡자
하늘이 내린 지도자를 따라야 한다.
온유한 지도자의 장점을 보자.
구스여인을 취했던 모세를 비판하다
문둥병자가 된 미리암 처럼 되지 말고
여호수아, 갈렙이 본
긍정의 정보를 믿고 앞으로 나아가자
젖과 꿀이 흐르는 땅이 기다리고 있다.
축복의 땅 가나안을 향해 달리자.
영원한 생명을 위하여

* 시작(詩作) 노트
   2013년 7월 26일 성경 민수기12장~14장을 읽고 은혜 받은 가운데 기도하며 지은 시임.

갈등의 치유

인간에게
갈등이 있다는 것은
생명이 있다는 증거다.

......하여
갈등의 책임을
나에게 돌리고
남의 탓으로 돌리지 말자.

갈등을
사랑으로
관용으로
뜨거운 심장으로 녹여야 한다.

갈등은
하루를 넘기면
미움이 된다.
싸움이 된다.
원수가 된다.

......하여
갈등을 치유해야한다.
절대적 사랑으로......

웃음의 꽃

웃음의 꽃은
힘이다
빛이다
나도 살리고
남도 살리는
생명의 꽃이다.

웃음의 꽃은
물질, 명예, 권력에서
자유함이다
분열, 갈등, 전쟁에서
평화이다
진리의 꽃이다.

웃음의 꽃은
불신에서 믿음이다
절망에서 소망이다
미움에서 사랑이다.
불행에서 행복을 만드는
창조의 꽃이다.

트라우마의 틀을 벗자

마음의 상처
정신적 외상(外傷)
트라우마의 틀을 벗자.

십자가의 죽음
제자들의 충격
베드로의 배신
인간들의 외상(外傷)

사랑이 자유를
진리가 승리를
인간에게 안겨 주리라.

* 시작(詩作) 노트

  트라우마는 일상적인 의학용어로 외상(外傷)을 뜻하나 심리학에서는 정신적 외상, 영구적인 장애를 남기는 충격을 말한다.

스트레스

내 가슴을
피로 멍들게 한 너
내 마음을
좌우로 흐트러 놓은 너
내 온몸을
갈기갈기 찢어 놓은 너
너는 한때 나를 병들게도 했다.

이제 너는 나에게
따뜻한 가슴을 열게 해 주었고
사랑의 마음을 깊게 해 주었다.
강건한 육체에 생명을 더해 주었다.

햇빛 쏟아지는 날만 있다면
사막이 넓어지고
폭풍우가 없다면
바다가 썩어지듯이
내가 피할 수 없었던 너는
나에게 평화, 자유, 행복, 소망의 꽃을 피우게 했다.

스트레스
너는 내 친구로 서로 즐기자 !
사랑하자 !

사랑과 용서

사랑과 용서는
나도 살고
남도 살리는
생명의 꽃이다.

원망과 비난은
나도 죽고
남도 죽이는
지옥의 무덤이다.

새끼를 맹수에게 잃은
성난 곰처럼
복수의 칼을 갈지 말고
불타는 사랑으로 용서의 꽃 피우자.
복수의 노예에서
자유하자

인간은
사랑과 용서로
생명의 꽃으로
활짝 피어야 한다.

용서를 넘은 화해의 꽃

나의 순수했던 어제를
시기 질투에 못 이겨
가난, 질병을 견디다 못해
나를 상처투성이로 짓밟아 버린
핏 빛 그늘에 있는 자도
나를 배신한 사람까지도
용서를 하자.

오늘의 내 명예를
내 가슴을
갈기갈기 찢어 놓아도
내 얼굴을, 온몸을
핏 자국으로 물들게 했어도
나는 용서하리라
하늘의 사랑으로......

죄를 묵인하지 않는 용서는
더 큰 죄를 낳게 된다.
죄를 회개한 자를 용서하자
"잘 못했습니다" "미안합니다"
자신의 잘못을 뉘우치는 자
진실로 참회한 죄인은
바로 용서해야 한다.

하늘이 지시한
그날
하늘이 용서한 죄를
인간도 용서해야 한다.
관용의 용서를.......

사랑의 용서를……
용서는 일방적인 것
하늘의 마음으로만 할 수 있다.
화해는 쌍방적인 것
용서를 넘어
화해의 꽃 활짝 피우자
미움속의 에서와 야곱처럼
하늘을 본 것 같이……

미움과 다툼은 화를 부르고
정죄는 파멸을 자초한다.
용서와 화해는 복을 부른다
용서는 기쁨이다.
화해는 평화이다.
잔잔한 바다와 같은 평화를 이루자
화해는 번영이다.
하늘의 반짝이는 별처럼 번영을 이루자

* **시작(詩作) 노트**

  2012년 9월 2일 주일 소망교회 대 예배 시, 담임목사님의 "용서를 넘어 화해를 향해" 설교 말씀(성경 창세기 33:8-14)에서 갈등의 골이 깊었던 야곱과 에서 두 형제의 화해장면을 보며 시기 질투, 고난에 못 이겨 그동안 내 과거, 명예, 마음, 육신에 아픔을 안겨 준 이웃 형제들과의 용서를 넘은 화해를, 그 진리의 말씀을 바로 실천하게 됨을 감사하며 지은 시임.

장미 꽃 향기

가시 없는
흰색 장미로 피어날 때
때 묻지 않은 짙은 향기 풍기며
아가페 에로스를 넘은
하늘의 사랑으로 피었다.

흰 색, 붉은 색 장미로
하나로 핀 사랑
진리 앞에 나란히 서서
영원히 시들지 않을 장미로
햇빛 찬란한 날을 기약했다.

불타는 적황 색 장미 닮은
정렬로
뜨거운 사랑 키우며
진한 향기 뿌리며
어제를 빛내고
오늘을 노래했다.
내일의 푸른 꿈을 꾸었다.

하늘의 기름 부은 종으로
동강난 조국의 통일 꾼으로
북녘으로 가는 하늘일꾼으로
가시덤불 헤치며
힘차게 피어났다.

장미꽃 세상에 피어있을 때
비바람
천둥 번개
흐린 날도 있었다.

개인 날
햇빛 쏟아지는 날이 더 많았다.

흰 장미 웃으며 피어날 때
붉은 장미 함박웃음으로 피었다.
흰 장미 눈물 머금고 필 때
붉은 장미 피 눈물 흘리며 피었다.

사랑만 해야 할
두 송이 장미 꽃
시들은 꽃망울 버리고
밝은 햇빛 바라보는 꽃으로
오늘을 긍정하라

다른 꽃이
더 예쁘다는
더 싱싱하다는
비교의식을 버리라
상대적 빈곤을 부른다.
내가 가진 꽃향기
오래 간직하며
짙게 풍겨야 산다.
영원한 생명의 향기를 뿌리자.

항상 활짝 웃는 장미로
절대적인 감사로
뜨거운 가슴으로
비바람에 시달려
향기 잃을 때도
추워도 향기를 팔지 않는 매화처럼
더 짙은 장미꽃 향기 풍기며
굳게 손을 잡고
두 손을 모은다.
하늘을 향하여……

사랑하는 아내의 회갑을 찬미하며

사랑하는 아내의
회갑 전야!
한강의 잔잔한 파도소리 장단 맞추어
논밭 개구리들 합창하고
산에 나무들은 손발 맞춰 춤을 춘다.
저 하늘의 별은 유난히도 크게 반짝였다.

들에 넘치는 곡식과 과일
맑은 하늘과 밝은 해
아들 딸 들이 베푼 코엑스의 잔치
하늘의 축복으로 더욱 빛났다.

아내 회갑 날이 밝게 열리고
뻐꾹, 뻐꾹, 깊고 굵은 소리 장단 맞춰
새들의 합창 소리 동산에 메아리쳐
하늘의 오케스트라로 맑다.
푸르른 초원, 산과 강
사랑하는 아내의 회갑을 찬미하며
주일 아침을 더 밝게 연다.

생명과 건강
지혜와 지식
명예와 존귀
자유와 평화
부모와 부부
딸들과 아들을 주신 주!
영혼아 주 이름 높이 찬양하라

　"석류 같은 여인의 두 뺨" "향기로운 꽃밭 같고"

"눈은 시냇가의 비둘기 같은데 우유로 씻은 듯하고"
"몸은 아로새긴 상아에 청옥을 입힌 듯하고"
예루살렘 여인을 찬미했던 솔로몬처럼(아가서 4장-5장)
나의 영혼으로, 가슴으로 사랑했던 아내
"결실한 포도나무 같은"(시편128:3)여인으로 자라
이제 하늘이 내린 역사 속에 회갑을 맞았다.
남은 생, 주의 사랑으로 꽃 피우고
하늘의 축복이 강물처럼 넘치도록
무릎 꿇고 두 손을 모은다.

"구름으로 수레 삼고"
"저 바람 날개 삼아"
거룩한 주 이름 송축하고
아내의 회갑을 찬양하며
사랑하는 아내와 함께
저 높고 푸른 하늘을
마음껏 날고 싶다.
영원한 천국의 하늘을......

---

* 시작(詩作) 노트
　이 시는 사랑하는 아내 홍경순 권사의 회갑을 맞아 욥기, 시편, 잠언, 전도서, 아가서를 묵
상하며 기도하는 중, 자녀들이 코엑스 컨벤션센터 VIZAVI에서 베푼 회갑연회를 마치고 주일
소망교회 예배 "나의 영혼아 주 이름 송축하라"를 찬양하며 은혜 받은 가운데 기도하며 지
은 시임.

사랑하는 아들 딸 들아!

눈에 넣어도 아프지 않을
사랑하는 아들 딸 들아!
하늘의 사랑으로 곧게, 곱게 자라
향내 그윽히 풍기는 꽃으로 활짝 피었다.
추운 겨울에도 그 향기를 팔지 않는
매화처럼, 난초처럼

8.15광복 70돐 맞아
북방에서, 남방에서
하늘 길 구만리 길
동방으로, 서울로 달려 달려
손에 손을 모았다.
뜨거운 가슴을 열었다.
자유로 평화로 해방으로 사랑으로……
사랑하는 아들 딸 들아!
오직 하늘만 보며 푸른 꿈을 키우자
되돌릴 수 없는 지난날에 메이지 말고
어제의 어두웠던 일을 밝은 빛으로 태우라
내일을 향해 힘찬 발걸음을 내 딛자
넘어지는 것이 문제가 아니라
넘어진 채 앉아 있는 것이 문제임을 알자
깨어 일어나라, 저 높은 하늘을 보라
기뻐하며 감사하며 두 손을 모으자

우리의 큰 우산이 된 하늘은 분명 너희들을 보호할 것이다
엄마 아빠도 항상 하늘이 준 너희들을 지키고 사랑한다.
비바람 부는 날에도, 폭 풍우 치는 날에도
너희들 사랑하는 가슴은 더 뜨거워 질 것이다.
하늘을 사랑하라

자신을 사랑하라
영혼을 축복하라.
회개의 영, 복음의 영, 성령의 영으로 굳게 서자
어두움의 영이 자리 잡지 않도록

몸과 마음을 축복하라
그리스도의 마음을 닮자
사랑, 겸손, 온유의 마음을
강건한 몸을 가꾸자, 하늘이 창조한 몸을
"영혼이 잘 됨같이 범사에 잘 되고 강건하기를"
(요한3서 2절)......

부모 형제, 가족을 사랑하라
이웃을 사랑하고 낮은 자들의 손을 잡아주라
민족을 사랑하고 인류와 평화하라
국가에 충성하고 자연을 깨끗이 가꾸라
온 누리에 하늘의 빛을 발하라
하늘나라를 위하여

*시작(詩作) 노트
   큰 딸은 이화여대에서 북한학박사 1호(국내여성 북한학박사 1호)로 서울대 통일평화연구원
에 재직, 카자흐스탄 국립대학인 유라시아대학 한국학교수로 재직하다가 북유럽 TARTU대학
교수로 부임하게 되었고, 둘째 딸은 중국심천에서 기업가로 크게 발전한 사위, 손주와 함께
살고 있다. 아들은 게임업계의 훌륭한 CEO로 성장, 그동안 서로 헤어져 있다가 2015년 광
복 70주년을 맞아 서울에서 만났다. 함께 식사도 나누며, 오페라도 감상하며 서울에서 인천
으로 남산에서 한강으로 다니면서 부모 형제간에 뜨거운 그리스도의 사랑을 나누었다. 이제
헤어져야할 시간의 아쉬움을 안고 우리 집 가훈인 "항상 기뻐하라, 쉬지 말고 기도하라, 범
사에 감사하라" 는 성경말씀(살전5:16-18)과 "사랑하는 자여 네 영혼이 잘 됨같이 네가 범
사에 잘 되고 강건하기를 내가 간구하노라"(요한3서2절)는 진리의 말씀을 새기며 아들 딸 들
을 위해 기도하며 지은 시임.

구름 속에 핀 꽃 무지개

구름 속에 피어난 꽃
무지개
일곱 색으로 단장하고
산과 들에 만발한 백화가 부러워
눈빛을 모았다.
하늘과 땅에 다리를 놓았다.

빨강 파랑 노랑
삼원색의 부조화를 조화로
칠색 단장하고 피어난 꽃
빨강 노랑사이에는 주황을
노랑 파랑사이에는 녹색을
파랑 끝에는 빨강을 닮은 보라와 남색을
일곱 빛 향기 품어 평화의 꽃으로 피어났다.

태초 홍수 뒤에는
구름 속에 찬연히 피어나
방주에서 살아난 노아와 그 후손에게
하늘이 내린 언약으로 떴다.
부모의 허물을 가린 셈, 야벳에 복을 내려
아브람이 아브라함으로 열국의 아비가 되어
이삭, 야곱, 요셉으로 자손의 복을
가나안 일경을 영원한 기업으로 형통의 복을 내렸다.
하늘과 세상의 언약의 꽃으로 활짝 피어났다.

* **시작(詩作) 노트**
　이 시는 2013년 7월 15일 장마철을 맞아 폭우로 인한 홍수특보, 재난들을 보면서 성경
창세기 9장-17장을 읽고 노아 홍수이후 하늘이 내린 언약의 무지개를 보며 기도하는 가운
데 은혜 받고 지은 시임.

복되고 형통하리라

하늘의 꿈과 비전 신고
형통의 길로 가는 열정
활화산으로 탄다.

하늘이 준 선물
구원의 은총
그 길 따라 걸어가자
복되고 형통하리라.

하늘을 경외하는 자
이 땅에서도 복을 누리리라
그리스도 사랑으로 한 몸 이룬 아내의 복
"식탁에 둘러앉은 어린 감람나무 같은"(시128:3) 자녀의 복
시온의 복, 평강의 복을 함께 누리리라

저 높고 푸른 하늘을 바라보는 자
풍요와 번영의 복을 누리리라
평생 일 할 수 있는 복을 주신
하늘에 감사하며 일을 사랑하자
"네 손이 일을 얻는 대로 힘을 다 하여"(전도서 9:10) 일하자
"네 손이 수고한대로 먹을 것이라"(시128:2)는 진리가
복되고 형통하게 하리라

하늘을 사랑하자
나를 사랑하고 이웃을 내 몸같이 사랑하자
오늘의 분복에 감사하고 내일을 향해 뛰자
푸르른 초원의 동산을 열자
복되고 형통하리라

* **시작(詩作) 노트**
　2013년 7월 8일 장로가정축하예배를 드리면서 담임목사님께서 하신 "네가 복되고 형통하리로다."(시128:1-6)는 말씀에 은혜 받고 지은 시임.

내 눈에 아무 증거 안 보여도

죽은 자와 같이
흑암 속에 묻혀 있어도
보이지 않는 밝은 빛을 보자

이 세상 모두가
나를 버려도
나를 버리지 않는 하늘을 보며
뜨거운 사랑의 꽃을 피우자

내 눈에
아무 증거 안 보여도
신실한 하늘을 보며
새 힘을 얻자
전능의 힘을......

하늘의 힘은
반짝이는 무수한 별처럼
셀 수 없는 바다의 모래처럼
창대하게 하리라.

영원한 진리로 사는 삶

미움에서 사랑으로
절망에서 소망으로
불신에서 믿음으로
갈등에서 화합으로
영원한 진리로 사는 삶을 열자.

부정에서 긍정으로
과거에서 미래로
원망에서 내 탓으로
상대빈곤에서 절대행복으로
빛으로 사는 삶을 열자.

육에서 영으로
형식에서 행동으로
인간에서 영혼으로
땅에서 하늘로
영원한 세계로 가는 삶을 살자.

담대히 나아가라

눈에 보이는 돈, 명예, 권력보다
눈에 보이지 않는 사랑을 위해
담대히 나아가라
생명의 싹이 솟아나도록

눈에 보이는 것보다
눈에 보이지 않는 것이
생명의 싹을 틔운다.
하늘의 생명으로

용감한 자, 담대한 자가
넉넉히 이긴다
하늘의 사랑을 소유한다.
믿음으로 담대히 나아가라

하늘을 믿으라
하늘을 사랑하라
믿음, 소망, 사랑을 위해
담대히 나아가라
두려움은 떠나갈 것이다.
소망의 빛이 밝아올 것이다.

악인의 형통함을 보며

이세상은
악과 선이 함께하는 곳
거기에는 아첨하는 두 입술도 있다

악인의 형통함을 보고
아첨하는 두 입술을 보며
분을 내지 말자
미움을 갖지도 말자
사랑의 진리 따라
선한 길로 가는 지혜를 모으자.

선한 길로 갈 때
가슴을 에이는 아픔도 있다
물질, 명예, 건강을 잃을 수도 있다.
그러나
이 아픔은 흙도가니에
일곱 번 단련한 은과 같이
순결함을 준다.
선한 진리의 길을 따르자.

* 시작(詩作) 노트
  구약성경 시편(10편-12편)을 읽으면서 은혜 받은 가운데 지은 시임.

구원의 산성

하늘은
기름 부은 자의 산성
구원의 산성
사랑의 요새
죄에서 자유케하는
치유자, 전능자다

토설치 않는 죄는
뼈를 마르게 하고
영혼을 신음케 한다.
죄를 하늘에 고백하여
죄의 노예에서 해방되자

하늘로 부터
허물의 사함을 받은 자
죄의 가리움을 받은 자
정죄를 당하지 않는 자
용서의 은총을 입은 자는
영원한 복을 받는 자다.
구원의 산성인
하늘나라 시민으로
죄에서 자유함을 누리자.

* 시작(詩作) 노트
　이 시는 필자가 시편 32편을 읽고 은혜 받은 가운데 기도하며 지은 시임

하늘은 영원한 나의 요새

불의한 자가
자기 유익을 위해
거짓증거를 하고
독선으로 참소하여도
밤마다 나의 심장이 나를 일으키사
강포한자의 길에 서지 않게한 것은
오직 하늘의 손길

하늘은
나의 방패
나의 산성
나의 구원
영원한 나의 요새

하늘은
죽음의 올무가 내게 이르고
음부의 줄이 나를 두르고
불의의 창검이 나를 찔러도
내손의 깨끗함을 알아 상을 준다.
…… 하여
하늘을 기뻐하며
하늘을 노래한다.

＊ 시작(詩作) 노트
　성경(시편13편~18편)을 읽으면서 은혜 받은 가운데 지은 시임.

새벽을 여는 새들의 사랑 노래

하늘을 사랑하는 소리
사람을 사랑하는 소리
자연을 사랑하는 소리
새벽을 여는 새들의 합창
사랑의 노래로 가슴에 메아리친다.

이 아름다운 멜로디에 장단 맞추어
논과 밭에 곡식들도 춤을 추고
산과 들에 나무들도 춤을 춘다.

이 새벽을 깨우는 잔치에
잠자는 자 누구일까?
그 누가 누워 있을 수 있을까?
이제 모두 잠자리에서 일어나
새들과 함께 사랑노래 부르자
산에 나무, 들에 곡식들과 손잡고 춤을 추자.
사랑의 오케스트라를 열자.

* 시작(詩作) 노트
  2013년 7월 30일 새벽 양평 현대 오스타에서 새벽을 여는 새들의 지저귀는 소리 들으며
산과 들, 논과 밭에 곡식들을 보며 하나님의 아름다운 자연의 창조섭리에 감동을 받아 기도
하는 가운데 지은시임.

가슴을 파고드는 사랑의 선율

가슴을 파고드는
사랑의 소리
아코디언 선율
하늘이 내린 선물이다.

섬세한 강약
뛰어난 표현
다양한 음색으로
한 편의
오케스트라를 연다.
손풍금, 아코디언......

오른손으로는
건반을 짚고
왼손으로는
바람통(Bellows)을 열고 닫아
아름다운 조화를 이룬다.

뜨거운 가슴을 울리는
사랑의 노래로
행복의 꽃으로 피어
진리의 빛을 발한다.

* 시작(詩作) 노트

　　2011년 10월 아코디언 연주를 시작하여 시온교회(2012.1.22)예배, 방배종합복지회관
(2011.12.16) 행복페스티발, 서초구청(2012.9.17) 공연행사, 소망교회 장로회(2012.11.7) 연
주에서 "예수 나를 위하여", "아리랑 행진곡", "황성옛터", "타향살이", "죄짐맡은 우리
구주" 곡을 연주하며 기도하는 가운데 지은 시임.

제3부

세상을 이기는 창조적 삶의 지혜

빛으로 사는 지혜

내가
사망의 음침한 골짜기를 다닐지라도
두려워하지 않는 것은
오직
빛으로 사는 지혜
하늘이 함께하기 때문이다.

빛은
전쟁의 먹구름 속에서도
나를 평화의 날개로 지키고
상한 영혼을 밝힌다.
빛으로 사는 지혜를 모으자.

빛은
원수의 목전에서도
어두운 동굴 속에서도
갈 길을 밝혀
밝은 산하로 인도한다.

빛은
생명의 능력
죽음을 이기게 하는 지혜
영원한 하늘을 본다.

* 시작(詩作) 노트
　2013년 3월 시편 23편에서 29편까지 읽고 기도하며 은혜가운데 지은 시임.

죄인과 의인의 판단

하늘아래
죄인임을 깨닫는 지혜
죄인임을 깨닫지 못하는 지혜
죄인과 의인이 함께 살아가고 있다.

죄인도 의인도 없는 이 땅에서
자신은 흰눈 같이 희고
의롭다고 하는 마음을 버리자.

갇힌 자만 죄인으로
들키지 않는 자는 의인으로
판단하는
이런 오만을 씻어 버리자.
겸손의 지혜를 쌓자.

남의 눈에 티끌은 보면서
자신의 눈에 들보를 보지 못해서는 안된다.
판단은 오직 하늘에 속한 것
인간은 남을 죄인이라 판단할 자격이 없다.

오직 믿음으로만 의로워 진다.
하늘아래 의로운 자로 살자.
십자가를 바라보며

* **시작(詩作) 노트**
　이 시는 2013년 4월 13일(음 3월 4일) 생일을 맞이하여 부산 여정 중 4월 14일(주일) 수영로교회에서 목사님의 "남을 판단하는 사람아"(롬2:1-16)주제의 설교 말씀을 듣고 은혜 받은 가운데 기도하며 지은시임.

의인의 길 악인의 길

의인의 길은 솟아오른 햇볕 같아
그 빛이 점점 찬연해 지고
악인의 길은 깊어가는 어둠 같아
그 힘이 점점 사라져 간다.

의인의 집에는 평강과 부귀의 복이 오고
악인의 집에는 다툼과 가난의 화가 따른다
하늘의 법을 지켜 공의를 하수같이 흐르게 하자.

하늘을 경외하는 자가 지식을 얻고
하늘을 우러러 보는 자가 지혜를 얻어
악인이 꾈지라도
따라가지 않고
의의 길, 생명의 길로 간다.

악인에게는
재앙이 폭풍같이 이르고
공포가 광풍같이 임한다.
의인에게는
생명이 정금같이 빛나고
평화가 강물같이 넘친다.
의인의 길로 힘차게 달리자.

* 시작(詩作) 노트
  지혜를 알게 하는 진리의 말씀인 성경 잠언 1장부터 4장까지 읽고 은혜 받은 가운데 기
도하며 지은 시임.

선과 악

선은 땅을 차지하고
악은 땅을 잃는다.
의인의 팔은 견고하고
악인의 팔은 부러진다.
온유한 자는 영원한 기업을 얻고
행악 자는 풀같이 베임을 당한다.
거짓과 악의 뿌리를 뽑자

하늘을 의지하는 자
선해지고
땅을 의지하는 자
악의 수렁으로 빠진다.
하늘을 보며 뛰자
아담과 이브의 삶을 보며

세상을 이기는 진리

내가 죽어야
내가 산다.
세상을 이기는 진리다.

나를 축소해야
나를 확대할 수 있다.
하늘을 향해
입을 넓게 열라

내면을 검색하자
내가
작은 자인지
큰 자 인지를……

이제 나의 틀을 벗자
우리의 틀을 찾자

숨을 들이 쉴 때
하늘을 받아들이고
숨을 내 쉴 때
세상에서 힘을 내자
하늘의 힘을……

내가 누구를 두려워 하리요

악인이 에워싸고
마음을 찌를 지라도
내가 누구를 두려워 하리요
나의 방패가 되신
하늘이 있는데……

위증자가 거짓 송사하여
죄를 뒤집어 씌워도
내가 누구를 두려워 하리요
나의 빛이 되신
저 맑은 하늘이 있는데……

적군이 진을 치고
총격을 가한들
내가 누구를 두려워 하리요
나의 대장되신
저 강한 하늘이 있는데……

마귀가 유혹하여
넘어뜨리려 해도
내가 누구를 두려워 하리요
나의 생명이신
저 푸른 하늘이 있는데……

염려의 시작은 불신에서

염려의 시작은
불신에서
믿음의 시작은
염려의 끝
하늘을 향해 뛰자
염려의 올무에서 벗어나도록……

염려한다고
키를 한 치도 키울 수 없다.
염려하는 시간을 무덤에 묻고
밝은 내일을 보며 뛰자
행복은 가슴에 있는 것……

내가 작아져야
하늘이 크게 보인다.
내가 커질 때
염려도 커진다.
내가 죽을 때
새 생명의 싹이 돋아난다.

고난은 교육이다

고난은
풀무에 달구어진 쇠처럼
더 강하게 만든다.
고난은 교육이다.

고난을 환영하라
주어진 운명은 비껴갈 수 없지만
운명에 대한 마음은 다스릴 수 있다.

그래야 산다
고난은 교육이다.

개미에게서 지혜를 배우라

개미에게 가서
지혜를 배우라
개미는
가르치는 자 없고
인도하는 자 없어도
여름에 먹을 것을 예비하고
가을에 양식을 모은다.

게으른 자는
내가 밖에 나가 일하면
사자가 찢기겠다고 두려워한다.

게으른 자여
좀 더 눕자
좀 더 졸자
좀 더 자자하면
빈궁이 강도같이 오고
곤핍이 군사같이 쳐들어온다.

게으른 자여
개미에게 가서 지혜를 배우라
사업에 근실한 지혜를
현재에 부지런한 지혜를
미래에 예비하는 지혜를
지혜자의 경영은 창고를 가득 채우게 된다.

*시작(詩作) 노트

　2013년 6월 19일 성경 잠언 5~6장을 읽고 은혜 받은 가운데 기도하며 지은 시임.

자기와의 싸움에서 이겨야 산다

자기와의 싸움에서
이기는 자가 살 수 있다.
마음의 갈등을 이기고
육체의 아픔을 이기고
영혼의 갈증을 해소해야 산다.
깊은 곳에서 무릎을 꿇자

마음의 갈등을 이기는 지혜
자기를 비우자
항상 기뻐하고 감사함으로
화평을 찾자
긍정적인 스트레스 관리로
폭풍도 장마도 즐겁게 맞이하자
개인 날만 있으면 황막한 사막이 된다

육체의 아픔을 이기는 지혜
눕자, 자자. 쉬자 놀자 하지 말고
서고 걷고 뛰고 일하자.
목이 차오도록 먹지 말고
초 시간까지도 맞추어 적당히 먹자.
위 활동이 활발해 지도록

영적 갈증을 해소하는 지혜
진리의 띠를 두르고
하늘을 향해 두 손 모으자
빛의 향기를 발하자
사랑의 빛
소망의 빛
영원한 생명의 빛

음지를 끊고 양지를 택하라
음지는 그늘이 있고
꿀을 떨어뜨리며
기름보다 미끄러우나
나중은 육모초 같이 쓰고
두 날가진 칼처럼 날카로워 진다.
음지의 입은 깊은 함정이다.
음지는 생명을 사냥한다.

음지를 연모하지 말라
음지의 가슴을 만지지 말라
음지의 중심에서 놀지 말라
음지는 자신의 악에 걸리며
죄의 줄에 메이게 된다.

처음 택한 양지를
즐거워하라
양지에는 빛이 있고
따뜻한 가슴이 있고
진정한 사랑이 있다.

양지의 품을 족히 여기라
그리고 항상 연모하라.
양지에는 영원한 생명이 있다.

*시작(詩作) 노트
　2013년 6월 19일 성경 잠언 5-6장을 읽고 은혜 받은 가운데 기도하며 지은 시임.

지혜로운 자의 혀

지혜로운 자의 혀는
지식을 선히 여기고
미련한자의 혀는
칼날 같아 마음을 짜른다.

분을 쉽게 내는 혀는
다툼을 일으키고
노하기를 더디하는 혀는
시비를 그치게 한다.

노를 품은 자와 사귀지 말며
울분한자와 동행하지 말라.
그때 그 영혼은
그 올무에 빠지게 된다.

유순한 혀는
분을 쉬게 하여도
패려한 혀는
마음을 상하게 한다.

혀를 잘 지키는 자는
생명을 보호하나
혀를 크게 내민 자는
사망을 가져온다.

* 시작(詩作) 노트
  성경 잠언 13~15장을 읽고 은혜 받은 가운데 기도하며 지은 시임.

좋은 말을 즐기는 지혜

좋은 말은
사람을 살리고
나쁜 말은
상처를 남긴다.
사람을 죽이기도 한다.

좋은 말은
복의 근원을 이루고
나쁜 말은
불행의 씨앗으로 자란다.
말하는 그대로 그 열매를 맺는다.

좋은 말을 즐기는 지혜로
바른말을 하라
나쁜 말은
입가에 흔적도 남기지 말라.
비뚤어진 말을
입술에서 멀리하라.
(잠언 4:24)

선한 말은 꿀 송이 같아

말에는 힘이 있다
사람을 살리는 힘
사람을 죽이는 힘
선한 말로 사람을 살리는 힘을 갖자.

선한 말은 꿀송이 같아
마음에 달고 양약이 되나(잠언16:24)
악한 말은 마음을 떼려
사람을 죽이는 독약이 된다.

악한 말을 좋아하는 자는
악한 혀의 열매를 먹는다.
미움의 말
불평의 말
부정의 말
비판의 말을 버리자.

사랑의 말
감사의 말
긍정의 말
칭찬의 말
이 선한 말은 최고의 구제이다.
하늘의 말씀으로 이루어 가자.

* 시작(詩作) 노트
　이 시는 필자가 2014년 12월 7일(대림절 둘째 주일) 소망교회 예배를 드리면서 담임목사
님의 "말씀하시며 이루시리라" (시편33:4-12) 설교말씀을 듣고 은혜 받은 가운데 기도하며
지은 시임.

화는 화를 부른다

화를
밖으로 쏟아내도
화를
속에 담고 있어도
또 다른 화(火)를 낳는다.

화를
남에게 내면
나에게 화로 돌아오고
화를
마음에 품고 있으면
무릎을 꿇을 수 없다.
이웃도
하늘도
노한다.

온유한 자의 복

온유한 자는
하늘의 지혜에 의지하고
선을 기뻐한다.
항상 감사한다.
공의를 정오의 빛 같이 발한다.

온유하지 못한 자는
땅의 지식에 의존하고
불평한다
원망한다
시기한다
분노를 폭발한다.
온유하지 못한 자는
바다가운데 누운 자와 같다.

......하여
온유한자로 살자
하늘의 약속을 보며
하늘을 소망하고
하늘의 뜻을 따라 살자.
온유한자는
풍성한 화평으로 즐거워하리라

감사와 불평

감사는 생명이다.
사랑, 용서, 기쁨, 자유를 낳는다.
평안, 감사를 굳게 잡고 살자.

불평은 사망이다.
미움, 원망, 슬픔, 노예를 낳는다.
불안, 공포를 빨리 차단하자.

숨 쉬고 사는 세상
근심 걱정이 묻힌 산 넘어 산이다.
쌍무지게 뜨는 언덕을 넘으면
험준한 높은 산령이 또 있다.

"수고하고 무거운 짐 진 자들아 다 내게로 오라
내가 너희를 쉬게 하리라"(마11:28)
우리의 죄, 걱정, 불안, 아픔을 대신 지고가신
주의 십자가를 바라보자.

지금 내가 서 있는 자리
나의 나됨을 감사하자.
감사는 영적지수를 높이는 길
감사로 하늘에 영광을 쌓자.
감사로 소망의 나래를 펴자.

* 시작(詩作) 노트
   2015년 11월 15일 추수감사주일 예배에 참석하여 소망교회 담임목사님으로 부터 "감사
와 불평사이에서"(시편50:22-23)주제의 설교말씀을 듣고 은혜 받은 가운데 기도하며 지은
시임.

감사의 지수와 원망

감사의 나무는
행복의 열매를 맺고
불평의 나무는
불행의 열매를 맺는다.

인간의 삶을 좌우하는
지혜지수를 높이자
지능지수(IQ)
감성지수(EQ)
그 보다 더 큰
감사지수(TQ)를 높여야 한다.
아름다운 삶의 빛을 발하기 위해

불평은
문제를 풀지 못한다.
감사는
문제 해결의 열쇠이다.
좋은 일에도, 나쁜 일에도
감사해야 한다.
절대적 감사만이
하늘의 뜻이기에……

감사와 기쁨으로 기다리는 삶

어제에 감사하고
오늘을 즐기고
내일을 기대하고 기다리라
사도 바울을 따라

지난날 아픈 상처가 있어도
그 아픔 하늘에 맡기고 감사하자
내 호흡이 끊어 지지 않는 것 감사하자
나에 대한 감사에서 가족, 이웃, 민족에 다한 감사로 승화하자

오늘을 즐기자
하늘을 보며, 땅을 보며
기쁨으로 영혼을 가꾸자

밝은 내일을 기대하자
두손 모아 기다리자
마지막 주님 앞에 서는 그날 까지……

감사만이 변화한다, 영혼이 회복 된다.
상대 감사, 상대 기쁨을 넘어
절대 감사, 항상 기쁨으로
미래를 기대하며 기다리며
감사와 기쁨의 보물을 찾자.
새 하늘 새 땅을 보자.

* 시작(詩作) 노트
   2014년 8월 26일 소망교회 새벽기도시간에 성경(고전1:4-9)말씀에 근거한 담임목사님으로 부터 "사도바울의 감사"에 관해 말씀을 듣고 은혜 받은 가운데 시상이 떠올라 기도하며 지은 시임.

가까이서 보물을 찾아라

내가 살고 있는
삶의 현장 가까이서
보물을 찾아라
큰 보물이 숨겨져 있다.

집안에도
나뭇가지에도
돌 밑에도
보물은 있다
찾지 못한 보물이……

살아 숨 쉬고 있는 것
사랑하는 사람이 있다는 것
보는 것, 듣는 것
푸른 하늘, 산 과 바다
넓은 들, 오곡백과
내가 누린 모든 것
하늘이 준 보물이다.

범사에 감사하라
절대 감사로 살아가라
하늘의 뜻을 따라……

*시작(詩作) 노트
　이 시는 2014년 11월 16일 소망교회 추수감사주일 예배 시 담임목사님의 "범사에 감사하라" (살전 5:18)는 설교말씀을 듣고 은혜 받은 가운데 지은 시임.

긍정의 샘

긍정은
생명의 샘
부정은
사망의 늪
긍정의 샘 이루자.

안 된다
못 한다
부정의 샘을 덮자

된 다
할 수 있다
긍정의 샘을 파자
오늘도
내일도
깊게 더 깊게

긍정의 샘
나도 살고
남도 살리는 생명수다
복의 통로를 열자.

욕망의 덫

인간은
먹고 입고 자야하는
욕망의 수렁에서
숨 쉬며 살고 있다.

인간은
인정받고
존경받고
자신을 실현하려는
꿈을 키워 가고 있다.

인간은
욕망의 덫에서
벗어나야 산다.
푸른 하늘을 바라보는
절대 지혜로
내일을 향해 달려야 한다.

네 손안에 있는 것을 보라

네 손안에
있는 것을 보라
없는 것을 보지 말라

돈, 권력, 명예
없다 해도
건강한 손
일 할 수 있는 손
그 손이 있는 것을 감사하라

지팡이를
잡을 수 있는 손
그 손이 능력이다.
믿고 걸을 수 있지 않은가
믿으라
하늘의 능력을
하늘의 지혜를

맨손을 보며 감사하라

빈들
황야
맨손을 보며
감사하라.

지금
가진 것 없어도
내게 있는 것 보며
감사하라
맨손으로
세상에 왔을 때 보다는
더 많은 것이 있지 않은가

......하여
생각하라
어제의 잘못을 회개하라
내일의 꿈에 도전하라
뜨거운 심장으로 달려가라
갓난아기가 눈을 감고도
엄마의 젖을 사모하듯......

* 시작(詩作) 노트

　성경 누가복음 1장-3장을 읽고 은혜 받은 가운데 지은 시임. 예수님 오시기 전 빈들에서
준비한 세례요한(부:사가랴, 모:엘리사벳)은 과거 회개를 외쳤고 낮고 천한 자리 말구유(여
물통)로 오신 예수님(부:요셉, 모:마리아)은 사랑과 미래 비전제시로 인류구원의 역사를 이
루었음.

일곱 번 넘어져도

일곱 번 넘어져도
다시 일어나라
오뚜기 처럼

일곱 번 넘어지는
시련은
도가니로 은을
풀무로 금을
찍어 내는 것과 같다
정금 같은 사람으로
우뚝 서야한다.

지금 서 있는
자리에서
맡겨진
양떼를 살피며
소떼를 돌보라

고난 중에도
감사하며
달려가는 자
주어진 분복에
자족하는 자
복을 누리는 자다.

현숙한 여인과 지혜로운 남자

현숙한 여인은
진주보다 귀한 보석의 소유자요
지혜로운 남자는
능력과 존귀의 옷을 입는다.

현숙한 여인은
선을 쫓아 덕행으로 산다
지혜로운 남자는
그 혀로 인애의 법을 말한다.

현숙한 여인과 지혜로운 남자는
오직 하늘을 경외하고
이웃을 사랑으로 싸맨다
하늘의 사랑으로

……하여
그 행한 일로 인하여
열매 또한 크리라
칭찬의 열매
보은의 열매

필요한 양식으로

찌든 가난도 말고
과한 부귀도 말고
오직 필요한 양식으로
나를 채워 주소서

나로 하여금
찌든 가난 때문에
하늘을 원망하거나
혹 내가 지나치게 배불러서
하늘을 모른다 하는
그런 어리석은 자 되지 않게
나를 지혜로 도와주소서

손을 그릇에 넣고도
입에 올리기를 괴로워하는
게으른 자 되지 않게 하시고
힘이 없어도 여름에 땀 흘려 먹을 것을 예비하는
개미처럼 부지런한자 되게 하소서

......하여
주신 필요한 물질로
사랑을 위해
하늘을 위해
사용하게 하소서

* 시작(詩作) 노트
  일곱 번 넘어져도, 현숙한 여인과 지혜로운 남자, 필요한 양식 등 세편의 시는 2013년 6월 29일 잠언 26장부터 31장까지 읽고 은혜 받아 기도하는 가운데 지은 시임.

시련을 이기는 지혜

재물을 잃고
명예를 잃고
몸은 상처투성이가 되어
마음까지 어지럽고
피와 살이 뼈에 붙어
마른 풀잎처럼 시들어 가도
가족도 떠나고 친척도 떠나고
친구가 거짓 위로로 조롱하여도
오직 하늘만을 의지하며
절대적 기쁨과 감사로 살자
시련을 이기는 지혜를 갖자

시련의 수렁에서
자신의 탄생까지도
"모태의 문을 닫았더라면"
하고 원망했던 욥
"자기 생이 평강도 없고 안식도 없고 고난만 있었던 생"
이라고 토로했던 욥
"자기 영이 독을 마셨다"
고 까지 외친 영적 비애를 실토했던 욥
그래도 항상
저 높은 하늘만을 바라보는 욥처럼 지혜로 살자.

악인은 바람 앞에 검불 같고
폭풍에 불려가는 겨 같음을 깨닫고
항상 악을 멀리하고
의롭게 살았던 사람
순전하고 정직하며
일백사십 세 까지 형통의 날을 누리며

평화로 생을 보낸
동방에서 가장 큰 자 욥
그에게서
시련을 이기는 삶의 지혜를 배우자

저 높은 하늘은
시련을 통해
정금같이 단련하신 후
그 때 나를 아시고
하늘의 빛을 내게 비추리라
그 빛의 광명에 힘입어
나의 날은 모래 같이 많아질 것이요
모든 경영이 못 이룰 것이 없으리라
전에 강성했던 것을 다시 회복시켜 주시고
모든 것을 칠 배로 더하시리라
새벽 별들이 함께 노래하리라
두 손 모으고 무릎을 꿇자.
저 높은 하늘을 향하여

* 시작(詩作) 노트
　성경 욥기를 읽으면서 시련 속에서도 끝까지 하나님을 전적으로 의지하며 의롭게 살았던
욥의 생을 보며 은혜 받고 기도하는 가운데 지은 시임.

고통을 승화하라

고통이 오면
고통을 껴안고
고통을 사랑하라
승화하라

고통이 오면
고통의 멍에에 메이지 말고
넓은 하늘을 보라
고통의 늪에
빠지지 않도록

고통이 오면
고통을 이기기 위한
더 아름다운 것을 찾으라
열병의 통증이 왔을 때
그 통증이 치유의 통증이 될 수 있듯이
고통의 통증이 밀려올 때
그 통증을 기쁨의 통증으로 받으라
고통을 승화하라.
모든 것이 협력하여 선을 이룬다.

폭풍이 몰아치는 밤에도 하늘의 빛을 보라

폭풍우 몰아치는 밤이다
천둥 번개가 세상을   때린다
산이 무너지고 집이 부서지고
머리는 용광로로 탄다.
그래도 하늘의 빛을 바라보자.

 "물질을 잃으면 조그만 것을 잃고
명예를 잃으면 많은 것을 잃고
건강을 잃으면 모든 것을 다 잃는다."
폭풍우 몰아치는 밤에도
빛으로 어두움을 이겨 강건 하자.

하늘을 우러러 하늘사랑 잊지 말자
형상을 부수고 진리의 띠를 매자
남 유다 히스기야 왕처럼
십자가의 고난 뒤에
부활의 영광이 오듯이
하늘에서 구원의 빛, 승리의 빛이 비추리라.

비탈길에서는 가속페달을 밟아라

인생이 가는 길엔
평지도 있고 오솔길도 있고
비탈길도 있다.
산 길, 강 길도 있고 바닷길도 있다.

평지를 갈 때라도
마음을 놓지 말아야 한다.
푸른불 켜졌을 때 더 조심하라.
눈을 돌려서도 안 된다.
산길, 강길, 바닷길 아름다움에
너무 흠뻑 빠져서도 안 된다.

가파른 비탈길을 갈 때는
눈을 똑바로 뜨고 앞만 바라보라
뒤를 돌아보지 말라.
불평도 하지 말라.
비탈길에서는
멈춰 서지도 말고
뒤로 미끄러지지 않도록
가속 페달을 더 세게 밟아라.
새벽 이슬이 모든 땅과 길, 산하를 덮듯이
이 세상 검은 것들을 덮어 흰 눈같이 희게하리라.

후회와 참회

가시밭길 걷게 될 때
사람들은
후회할 때도 있고
참회할 때도 있다.
하늘을 향한 참회로
밝은 내일을 열자.

같은 자리
같은 환경에서도
후회는 어제로
참회는 내일로 향한다.
후회는 남의 탓으로
참회는 내 탓으로 돌린다.

같은 왕의 자리에서
사울은 후회 했고
다윗은 참회를 했다.
같은 제자의 자리에서 스승을 배반한
가롯 유다는 후회했고
베드로는 참회를 했다.
사울과 가롯 유다는 파멸의 길로
다윗과 베드로는 축복의 길로 인도되었다.

구렁텅이에 빠졌을 때
후회를 버리고
하늘을 향한 진정한 참회로
새로운 미래를 열기 위해 두 손을 모으자.

* 시작(詩作) 노트
　성경 사무엘 상,하권과 마태복음 26장을 읽고 쓴 시임.

준비된 자의 축복

내일을 바라보며
꿈을 꾸고
준비하는 자
하늘은 축복을 내린다.
하늘의 명령 따라 살자.

백세에 얻은 독자 이삭을
제물로 바치려 한
아브라함처럼
순종의 준비를 배우자.
모리아 산이 여호와 이래로
준비된 산으로 떴다.
하늘을 경외하는 큰 산으로

하늘을 바라보며
지혜를 모아
준비하고
지식을 모아
준비하고
열정을 담아
준비할 때
준비된 대로 그 결과가 주어진다.
하늘의 순리이다.

* 시작(詩作) 노트
  2013년 7월 17일 성경 창세기 20장~22장을 읽고 은혜 받은 가운데 기도하며 지은 시임.

꺼지지 않는 불꽃처럼

하늘을 우산으로 삼아
영원한 생명을
영원한 평화를
두 손 모아 가꾸자
꺼지지 않는 불꽃처럼

애굽에서 강성해진
아브라함의 후손
야곱의 칠십 혈족을 이루고
요셉은 생명의 무성한 가지로 자라
만민의 영원한 구원자로 섰다.

애굽의 박해에도
점차 강한 뿌리를 내린 이스라엘
"남자는 죽이고 여자는 살리라"는
왕의 명령을 뚫고
모세는 이스라엘의 출애굽 인도자로 섰다.
호렙산 거룩한 땅에서
사라지지 않는 떨기나무 불꽃가운데 우뚝 섰다.
젖과 꿀이 흐르는 땅
영원한 생명의 땅에 빛을 발하기 위하여

* 시작(詩作) 노트
  2013년 7월 19일 성경 창세기 45장-50장과 출애굽기 1장-3장까지 읽고 기도하는 가운데 은혜 받고 지은 시임.

노예에서 자유를

저 깊은 진리를 바라보며
과거의 노예에서 자유를
부정의 노예에서 자유를
근심의 노예에서 자유를
원망의 노예에서 자유를
복수의 노예에서 자유를

저 높은 하늘을 바라보며
물질의 노예에서 자유를
병마의 노예에서 자유를
명예의 노예에서 자유를
권력의 노예에서 자유를
정욕의 노예에서 자유를
육신은 노예, 감옥에 있어도 영혼은 자유 했던 요셉처럼
끊을 것은 끊고 잡을 것은 잡자.
포기하지 말고 안주하지 말자.
열정의 끈을 놓지 말자.
무릎을 꿇고 두 손을 모으자.

저 푸른 하늘은
출애굽의 지도자를 택했다. 애굽에 재앙을 내렸다.
말을 못한다 할 때 아론을 주고
능력이 없다 할 때 지혜를 주어
모세의 지팡이는 견고했다. 여호수아의 칼날은 강대했다.
노예에서 자유의 길을 여는 지도자로 떴다.
제단을 쌓았다. "여호와 닛시"
홍해는 갈라져 장벽을 이루고 애굽 군사는 수장되었다.
젖과 꿀이 흐르는 가나안 복지의 길을 열었다.
죽지 않는 생명으로, 영원한 기업으로, 내일의 소망으로……

* 시작(詩作)노트
  2013년 7월 22일 출애굽기 4장–17장을 읽고 기도하며 지은 시임.

어두운 광야에서도 빛을 바라보라

칠흙 같은 어두움이 깔린
광야에서도
넓은 하늘을 보라
밝은 빛을 바라보라

광야는 인생의 훈련장이다.
참고 이기는 자는 승리한다.
못 견디는 자는 실패한다.
어제에 메이는 자는 죽는다.
내일의 소망을 보며 뛰어야 산다.
하늘의 명령을 따르라.

"네 하나님 여호와께서 이 사십년 동안에 너로 광야의 길을 걷
게 하신 것을 기억하라. 이는 너를 낮추시고 너를 시험하사 네
마음이 어떠한지 그 명령을 지키는지 아니하는지 알게 하려 하심
이라"
(성경 신명기 8:2)
이 진리 따라 광야 길을 걷자.
하늘이 내린 광야의 만나로
영과 육이 새로워 져 가나안 복지를 차지했던
이스라엘 백성처럼
영혼도 새롭게 되고
육신도 강건케 될 것이다.
하늘의 축복이 자손대대에 넘쳐날 것이다

기다림 속에 핀 꽃

기다리며 산다는 것
날마다 꿈꾸는 것이다.
기다림 속에 핀 꽃이
어떤 꽃인지 보지 말고
내일을 향해 꿈꾸며 달려가자.
그러면 아름다운 꽃이 반드시 피어날 것이다.

아이들은 부모를 기다리고
부모는 자녀들을 기다린다.
인간은 기다리며 힘을 얻는다.
믿음은 기다림이다.

믿는 사람은 기다림의 사람이다.
믿음의 조상 아브라함은
갈데아 우르에서 부름 받아 25년을 기다려 이삭을 낳았고
꿈의 사람 요셉은
노예에서 감옥에서 13년을 기다려 애굽 총리가 되었고
광야의 지도자 모세는
광야 40년을 기다림으로 살아
이스라엘이 가나안을 기업으로 얻었다.
기다림의 사람으로 살자.
내일의 향기로운 꽃을 피우기 위하여......

* 시작(詩作) 노트
   2013년 8월 4일(주일) 소망교회 예배 시 담임목사님의 설교(기다림에서 성취로, 성경 창세기 41:9-254) 말씀을 듣고 은혜 받은 가운데 기도하며 지은 시임.

가나안 복지를 향하여

믿음의 열조에게
하늘이 선물로 준 땅
가나안 복지
해 뜨는데서 해 지는데 까지
영원한 기업으로 빛났다.

모세는 광야 40년의 지도자로
이스라엘을 모았고
여호수아와 갈렙은 하늘의 정탐꾼 되어
공의의 사자로 떴다.

하늘이
여호수아와 함께하므로
그 명성이 온 땅에 퍼졌다.
좌로나 우로나 치우치지 않고
하늘만 바라보았다.
여호수아 본받아
앞으로 달려가자

하늘은
이스라엘을 위해
홍해를 가른 것처럼
요단강도 말려
가나안 복지를 향하게 했다.
영원한 기업으로 주었다.

* **시작(詩作) 노트**
  성경 여호수아 1장부터 10장까지 읽고 은혜 받은 가운데 기도하며 지은 시임.

선한 자가 평화의 땅을 차지한다

악의 뿌리는
뼈를 말린다.
악은 악을 만난다.
가나안에 들어간 이스라엘이
악을 행하여 미디안을 만난 것처럼

선한 장수 한 사람만 있어도
악한 장수 백을 물리칠 수 있다.
한손에 나팔 들고
한 손에 횃불 항아리 들고
미디안을 무리 친
기드온의 3백 용사처럼

악은 선에게 무릎을 꿇고
머리를 들지 못한다.
선한 자가 평화의 땅을 차지한다.

* 시작(詩作) 노트
  성경 사사기 1장부터 14장까지 읽고 은혜 받은 가운데 기도하며 지은 시임.

힘의 뿌리를 찾자

힘이 어디에서 오는지
힘의 뿌리를 찾자

힘의 원천은
하늘임을 알라.
하늘과 동행하기를 잊지 말라

푸른 칡 일곱 줄기로 결박해도
불탄 실을 끊는 것처럼 끊어버린 삼손
그 힘은 하늘이 준 힘이었다.
삼손이 "모태에서부터 하나님 사람이 되어
힘을 얻었다"고
고백한 것처럼

그러나 사랑하는 여인 들릴라의 무릎을 베고 누워
괴로움을 더한 즉 힘이 없어진 삼손
힘을 강하게 회복시켜 달라고 무릎 꿇고 두 손을 모은 삼손
다시 힘을 얻어 원수를 단번에 물리칠 수 있는 힘을 얻었다.

하늘의 사람으로 고백하며 살아가자
산하도 움직이는 큰 힘이 솟아날 것이다.
아무도 대적하지 못할 그 힘이

* 시작(詩作) 노트
　성경 사사기15장, 16장을 읽고 은혜 받은 가운데 기도하며 지은 시임.

충효가 주는 복

하늘에 대한 충성
부모에 대한 효성
이웃에 대한 사랑
하늘이 내린 규례이다.

이 명령 지키는 자
가득한 양식의 곡간
성실한 자손의 번영
온 땅을 기업으로 받는다.
"어머니 가시는 곳에 나도 가고 어머니 유숙하는 곳에
나도 유숙 하겠나이다"(룻기1:16)
시어머니 나오미에게 고백한
며느리 룻처럼……

룻은 보아스의 밭에서
일용할 양식을 얻었고
유력자 보아스의 아내가 되어
오벳을 낳고 오벳은 이새를 낳았다.
이새는 다윗을 낳았다.
다윗은 지혜의 위대한 왕이 되었다.
하늘만 의지한 축복의 선물이다.

* 시작(詩作) 노트
　성경 룻기1장에서 4장까지 읽고 은혜 받은 가운데 기도하며 지은 시임. 보아스는 룻의 시어머니 나오미의 남편 엘리멜렉의 친족 임.

씨를 뿌리는 자

씨를 뿌리는 자는
길가나 바위, 가시떨기에
뿌리지 말고
기름진 옥토에 뿌려야 한다.

길가에 뿌린 씨는
사람들이 밟기도 하고
새들이 쪼기도 한다.
진리의 씨를 세상에 빼앗기지 말자.

바위에 뿌린 씨는
처음에는 싹이 나기도 하지만
나중에는 말라 버린다.
기쁨의 씨를 감성에 빼앗기지 말자.

가시떨기에 뿌려진 시는
가시와 함께 자라
씨의 기운을 막아 버린다.
재물과 권력, 향락, 염려에 빠져
평화의 씨를 세상염려에 빼앗기지 말자.

이제
기름진 밭을 가꾸는데 마음을 쏟자
밝은 빛 폭풍우를 받을 수 있는 땅
기쁨과 인내의 씨가 자랄 수 있는 마음의 밭
진리의 열매로 가득한 좋은 밭을 일구자

* 시작(詩作) 노트
  2013년 12월 6일 신약성경 누가복음 8장 5절~15절까지 읽고 은혜받은 가운데 지은 시임.

복에 복을 얻는다

하늘은
가난하게도하고 부하게도 한다.
"빈핍한 자를 거름더미에서 들어 올려 귀족들과 함께 앉게 하시
고 광의 위를 차지하게 하신다"(삼상2장)고 한
한나의 고백처럼
하늘을 의지한 자는 복에 복을 얻는다.

한나는
하늘을 즐거워하며 하늘로 높아졌다
하늘에 무릎 꿇고 두 손을 모아 아들 사무엘을 낳았다.
하늘과 동행한 사무엘
장로들과 백성들을 미스바에 모아 사울을 왕으로 세웠다.

하늘을 떠난 자는
인간도 잃어버린다.
하늘도 떠나고 백성도 잃어버린
사울처럼 되지 말자.

하늘을 함께한 자
지혜와 힘을 얻는다
하늘만 의지했던 다윗은
"전쟁은 여호와께 속한 것, 너는 칼과 창으로 내게나오지만 나
는 네가 모욕한 하나님 이름으로 네게 나아가노라" 외치며 물매
와 돌로
블레셋의 거장 골리앗을 물리친 지혜와 힘의 사람이 되었다.
이스라엘의 위대한 왕이 되었다.
지혜의 왕, 힘의 왕

* 시작(詩作) 노트
  성경 사무엘상 1장에서 20장까지 읽고 은혜 받은 가운데 기도하며 지은 시임.

제4부

통일! 생명의 길로,
— 뜨거운 가슴으로 잡은 남북의 손—

통일문화의 꽃을 피우자

광복 70년, 분단 70년
기쁨은 순간
지금은 이데올로기의 늪에서
휘청거리며
7천만의 가슴을 때린다.
갈라진 마음, 달라진 언어
하나로 엮어
통일문화의 아름다운 꽃을 피우자.

불의, 탐욕, 교만, 분쟁, 비방, 미움의 옷을
다 벗어 버리자.
나를 버리자.
그래야
남남이 하나 되고
동서가 하나 되고
남북이 하나로 피어나는 꽃을 피울 수 있다.
통일문화의 꽃을 피우지 않는 통일은
분렬이다, 재앙이다.
통일문화의 꽃을 피우기 위해
밭을 갈고, 꽃씨를 뿌리고, 거름을 주고, 열심히 가꾸자.
......하여
통일문화의 꽃을 피우고.
평화통일의 열매를 맺자.

* 시작(詩作) 노트

　 2015년 8월 15일 광복 70년, 분단 70년을 맞으면서 아직도 세계 유일한 분단국으로 남은 한반도 남북한을 보며 마음이 갈라지고, 언어가 달라지는 등 문화적 이질화가 심화되어 있는 한민족의 현실을 보며 통일을 위해서는 먼저 통일문화의 꽃을 피워야 할 필요성을 절감한 가운데 지은 시임.

통일을 담을 그릇

내가 먼저
통일을 담을 그릇이 되자.
깨끗하고 빛나는 그릇
투명하고 냄새 없는 그릇
하나로 평화로 함께하는 그릇

통일은 가까이 와 있다
그런데 아직
통일을 담을 그릇이 보이지 않는다.
좌우에서 소리나는 그릇
상하에서 손짓하는 그릇
동서에서 갈등하는 그릇
남북에서 싸움하는 그릇
그런 그릇만이 한반도를 휘감고 있다.

지상에서 하나밖에 없는
동강난 허리
우리 모두 하나로 서자. 걷자
나를 부인하고
교만을 버리고
겸손히 섬기며
서로 사랑하면서
통일을 소망하면
하늘은 통일조국을 반듯이 주실 것이다.
땅도, 바다도 춤을 추게 할 것이다
세계를 무대로 하여
손에 손을 잡고
통일의 노래 함께 부르자.

통일! 생명의 길로

통일!
생명의 길로 인도하자
나를 살리고, 가족을 살리고
이웃을 살리고, 사회를 살리고
국민을 살리고, 국가를 살리고
민족을 살리고, 인류를 살리고
세계를 살리는 길이다.

통일! 생명의 길!
평화의 길, 자유의 길을 열자
총과 칼을 버리고 하나로
갈등의 쓰린 가슴을 껴안자
분단의 높은 장벽을 허물자.
민주, 복지, 인권이 살아 숨쉬는
거룩한 통일의 꿈을 열자

통일! 생명의 길!
서로 웃으며 하나 되어
기쁨과 감사가 넘치는 마음
모두가 함께 번창하는 나라
강한 사자들도 덤비지 못할
굳건한 반석의 터이다.
통일! 하늘을 여는 생명의 길이다.

* 시작(詩作) 노트
　"통일을 담을 그릇이 되자", "통일！생명의 길로" 이 시는 2015년 7월 방송 출연 교
섭을 받고 기도하는 가운데 강연주제를 선정하면서 시상이 떠올라 그 사상을 그대로 옮겨
놓은 시임.

동해의 푸른 하늘아래

비행기는 하늘을 가르고
배는 바다를 가른다.
강원도는 남북을 가른다.

하늘아래
바다와 땅은 하나이건만
인간이 만든 이데올로기는 둘이다.
국토를 갈라놓았다.

동해의 푸른 하늘아래
떠오르는 아침햇살을 보며
통일의 여명 밝히자.

갈라진 심장
찢어진 가슴
흩어진 영혼
하늘 아래
영원한 하나로 묶자

현충일 추념

푸른 산은
어머니의 팔이 되고
넓은 강은
아버지의 가슴 되어
하이얀 조국의 밭을 이루었다.
애국 충정의 열매로

56돌 현충일 추념
메타세콰이어, 소나무, 향나무
단풍나무, 백합화 향내 짙고
까마귀, 까치, 참새, 종달새들
갈라진 민족의 애환을 노래한다.

16만 4천의 영령
열 송이 분홍색, 흰색 무궁화 화원에
태극기 물결 이루며
영원한 대한민국으로 잠들었다.

통일을 위해 달려온 길
긴 세월의 꿈 안고
평화의 그날 바라며
굳게 잡은 두 손을 모았다.

동작 충효 길 걸으며

아카시아 향기 그윽한
5월의 아침
동작 충효길 걸으며
민족 역사의
큰 그림을 보았다.

용산에서 수원으로 가는
동재기 나루 동작 진
정 감사가 살던 정가 몰
사격장 장비의 정검 마을, 정금마을로
배 꽃 무성하여 배나무 골, 이수 교
포촌의 갯벌이 갯마을로
조선의 발자취를 흠북 담은 동작동
지금은 현충원을 안고
짙은 민족의 한을 뿌린다.

형제를 위해
이웃을 위해
민족을 위해
나를 버린 영혼들
붉은 장미, 흰 장미가 충효의 뜻 머금고
바람소리, 새소리, 사람소리와 어우러져
충효의 오케스트라를 연다.

한글날의 현충원

한글날의 현충원
가을하늘 밝은 빛으로 탄다
충효의 빛, 사랑의 빛
한국의 빛으로

까치소리, 참새소리
한글노래 합창하고
참 잣나무, 소나무, 향나무
은행나무, 아카시아
민속의 향기 뿌리며 춤을 춘다.

세종의 넋, 한글의 얼
세계로 달려가고
이승만, 박정희, 김대중
대통령의 묘역에서
잠든 호국영령의 꽃을 안은 비문에서
나라의 산 역사를 본다.
전쟁과 평화. 죽음과 생명, 자유와 민주.

이제
영혼의 복락을 위해
민족의 통일을 위해
인류의 평화를 위해
손에 손잡고 뜨거운 가슴을 열자
너도 나도 함께 하늘을 보며 무릎을 꿇자.

*시작(詩作) 노트
  2014년 10월 9일 한글날 아내(홍경순)와 함께 동작충효길 따라 현충원을 거닐며 나라와
민족을 위해 충성한 호국영령을 기리며 지은 시임.

개 천 절

가슴을 불태우며
사랑하는 당신
백의의 천사로
백두에 우뚝 섰다.
진리로, 세계로……

반만년
갈기 갈기 찢겨진
흰 두루마기
이제 반세기를
두 동강난 채로 서 있다.
남으로, 북으로……

깊은 밤
잠에서 깨어나야 산다
푸르른 하늘을 보며
하나로, 내일로……

* 시작(詩作) 노트

　2012년(단기4345년) 10월 3일 개천절 아침, 동작 충효 길을 걸으며 우리 한 민족의 평화
와 통일, 번영을 소망하며 기도하는 가운데 지은 시임.
　필자는 분단된 우리 한 민족의 평화와 통일을 꿈꾸며 북한학을 공부하여 석, 박사학위를
받고 한반도의 평화와 통일을 위해 관계, 학계에서 연구실장으로, 대학교수로, 대학총장으로
재직하며 전국 각 기관에, 세계 여러 나라에 순회강연하며 봉사해 왔기 때문에 "개천절"
시(詩) 내용에서 대한민국과 백의민족인 한민족을 "가슴을 불태우며 사랑하는 당신"으로, 백
의의 천사로 표현했음. 그리고 반만년의 숱한 고난 속에서도 세계 속에 우뚝 선 나라로 발전
한 것을 감사하면서도 세계 유일한 분단국, 한 민족의 아픔을 생각하며 민족의 평화와 통일,
번영을 열망하는 가운데 지은 시임.

충효 길 가을 숲속에서

오색 옷으로 갈아입은
충효길 가을 숲속
아카시아 잎은 메말라 가고
붉게 물든 도토리나무 잎
바람에 못 이겨 떨어져
밟히고 흙이 된다.
황혼이 짙어 온다.

어머님 은혜 깊고 높아
등에 업고 달리는
아들의 가슴에서
부모에 대한 효((孝)를 본다.
나라에 대한 충(忠)을 본다.

젊음과 노년의 갈림길에서
푸르른 소나무와 홍황색 단풍나무
손에 손을 잡고
가을 숲속 새 소리 장단 맞춰
충효(忠孝)를 합창한다
푸른 하늘을 노래한다.

* 시작(詩作) 노트
  2014년 11월 9일 한글날 동작동 충효길 숲속을 을 걸으며 부모님에 대한 효성과 국가에
대한 충성의 깊이와 높이를 생각하며 기도하는 가운데 지은 시임.

어두운 밤하늘에서도 영원히 빛난 별

어두운 밤하늘에서도
자주독립의 별은 영원히 빛났다.
자유의 별, 평화의 별로

제암리 교회에서는
못 박힌 십자가를 보고
부활의 아침을 보았다.
용서의 별, 화해의 별로 떴다.

류관순 기념관에는
푸른 꿈 수놓은 초가집 두채
단풍잎 열매 맺은 메타세콰이어 두 그루
영원한 하늘의 꽃으로 피었다.

태극열차는 낙엽철길 따라
무궁화 노래 부르고
소망을 안고 달린다.
겨레의 집으로

하늘로 날아오른
겨레의 탑은
두 손을 모으고
독립의 노래 통일의 노래 합창한다.
영원히 빛난 하늘의 별을 노래한다.
샬 롬 !

* **시작(詩作) 노트**
　필자는 2014년 10월 24일 서울강남노회 부노회장을 역임한 장로들로 구성된 샬롬회가 제암리교회, 류관순 생가, 독립기념관을 방문하는 과정에서 민족의 독립, 통일선교에 관한 특강을 하고나서 하나님나라와 민족의 자주독립을 위해 순교하고 희생한 애국선렬들의 조국과 민족을 사랑하는 호국정신을 기리며 하나님께 기도하는 가운데 지은 시임

비 내리는 문경새재

비 내리는 문경새재
물안개 날리며
오색 꽃으로 피어난다.
백두대간 마루너머
영봉, 주봉, 부봉, 마패봉, 깃대봉
서로 다투어 하늘을 본다.

새(鳥)도 날아 넘기 힘든 고개
억새풀 우거진 고개
하늘재와 이우릿재(이화령)
영남과 기호를 잇는 영남대로
새(新) 고개 팔십 리 길
청운의 꿈을 안고 달린다.
눈물 젖은 장원급제 길 따라

소나무, 은행나무, 단풍나무 아래
비에 젖은 낙엽 밟는 소리
낙동강 초점 새재계곡 물소리
흰 억새풀 가르며 장단 맞춰 아리랑을 부른다.
문경새재 눈물의 구부(丘阜)길

하늘이 준 인생 길
봄여름은 가고
가을을 재촉하는 길에서
겨울을 본다. 나를 본다.
푸른 하늘을 본다.
소망 은장!

* 시작(詩作) 노트
　필자는 2014년 10월 21일 소망교회 은장회회원 50여명이 문경사과축제(백설공주가 사랑한 문경사과즙)에 참가하면서 "그리스도안에서 통일"이라는 주제의 특강을 마치고 비 내리는 문경새재를 돌아보면서 새재계곡길, 비에 젖은 낙엽길을 걸으며 기도하는 가운데 지은 시임.

서리풀공원에 핀 서초의 꽃

소나무, 잣나무, 단풍나무, 산벚나무, 복자기나무
푸른 숲이 하늘을 덮고
서초의 꽃으로 활짝 피었다.
서울의 화원을 이루었다.
교대역에서는 사랑의 샘터가 솟는다.
행정심판 소망

서초다리를 건너
몽마르트공원에서는
빠리의 예술을 알리고
시화의 수를 놓는다.
서래마을에서는 프랑스의 향내 짙다.
세계의 화원을 이룬다.
국제도시, 행복도시 서초

누에다리에서는
사랑과 건강, 다산과 풍요의 삶
인간의 소원을 모두 들어주는
하늘이 내린 천충(天蟲)
누에가 쌍을 이루고
잠원동에 잠실도회(蠶室都會)가 떴다.
한국의 역사, 법률, 진리
자유, 평등, 정의의 빛으로 솟았다.

---

* **시작(詩作)노트**
  2013년 행정사법개정으로 제1회 국가공인행정사자격을 취득하고 대한행정사협장 직무
대행과 교육부회장을 맡아 시험출신 행정사와 고위공직자출신 행정사의 정부위탁교육을 실시
하면서, 행정심판 소망대표행정사로서 행정적으로 어려움을 당한 국민들을 섬기는 봉사정신
으로 행정구제 업무를 수행하면서 2014년 7월 12일 서울 서초구에 위치한 서리풀공원과 몽
마르트공원을 돌아보며 지은 시임.

해운대의 벚꽃 물결

해운대 백사장엔
하얀 파도 일어
벚꽃물결 출렁 인다
인간을 안고, 자연을 안고……

인간의 아픔도, 두려움도
일본의 지진도, 방사능도
해운대의 벚꽃에 날려
평화를 본다, 사랑을 본다.

광안대교
달맞이 언덕에서 더 높고
기차는 달린다.
일루아의 사랑을 노래한다.

* 시작(詩作) 노트
　　이 시는 필자가 2011년 4월 6일부터 9일까지 아내(홍경순)와 자녀들과 함께 부산에 와서 해운대 달맞이 언덕에 자리한 일루아(ILLUA:포루투칼어로 달을 의미)호텔에 여장을 풀고 벚꽃 물결 수놓은 해운대를 관광하며 지은 시임.

거제도 장승포에서

동해에 떠오른 태양
은빛 바다 가꾸어
푸른 포구의 파도를 일군다.

고깃배 위엔
갈매기떼 춤을 추고
바다와 산은
남해의 아침을 노래한다.

하늘과 바다가 손을 잡고
인간과 자연이 발을 맞추어
하늘의 사랑으로 춤을 춘다.

거제 해변공원을 따라

장승포에서 능포까지
벚꽃 함박웃음 소리
푸른 해송 향기 날리며
시들어간 동백꽃을 달랜다.

양지암 조각공원에선
능포의 미를 알리고
해맞이 준비를 한다.
밝은 내일을 본다.

까마귀 우는 소리
종달새 웃음 소리
거제도 해변공원을 밝힌다
하늘을 노래한다.

---

* 시작(詩作) 노트

　"거제도 장승포에서", "거제 해변공원을 따라" 이 두 편의 시는 2011년 4월 9일 부산에서 새로 준공된 거가대교(부산 가덕도와 경남 거제시를 잇는 다리)를 건너 거제도 바닷가 장승포 비취호텔에서 묵은 후 아내(홍경순)와 함께 장승포 앞바다를 바라보며 해변공원을 산책하면서 지은 시임.

단양 팔경

하늘이 내린 산과 들
손에 손을 잡고
청풍 호를 안았다.
뜨거운 가슴을 열었다.

안개 솜털 옷 입은
푸르른 산
한 폭의 산수화 병풍으로
청풍명월의 숨결로 드높다.

청풍유람선은
푸른 물결 가르고
도담삼봉, 구담봉, 옥순봉은
단양팔경을 알린다
수경분수 하늘로 솟아
자연과 인간을 합창한다.

* 시작(詩作) 노트

　이 시는 필자가 2011년 5월 21일 소망교회 호산나 찬양대원 야외예배를 마친 다음 청풍
호 유람선을 타고 단양팔경을 관람하며 하나님이 창조하신 아름다운 자연 속에 묻혀 기도하
는 가운데 지은 시임.

새떼 뛰 노는 수평선

진도 팽목항 저편
새떼 뛰노는 수평선
조도(鳥島) 군도
감추인 보석으로 빛난다.

바다에 사뿐히 내려앉은
새떼
조도(鳥島) 군도
파노라마로 펼쳐져
한국의 해상공원으로 떴다.

하조도, 상조도, 가사도를 안고
154개의 유인도, 무인도가
조도(鳥島)로
예향의 극치로
손에 손을 잡고 춤을 춘다.

설날의 청평호반

설날 아침
햇빛 쏟아지는데
청평호반은 얼음밭을 이루고
설악면의 신선봉
청평면의 호명산
벌거벗은 나무들로 쓸쓸하다.
메기의 추억과 함께

찍- 찍-소리 내며 갈라져 간
청평호반의 얼음 장단
겨울의 오케스트라로
영원한 본향, 새 하늘과 새 땅
새 봄을 연다.

새 해, 깨끗한 마음
빈 손으로
영혼의 깊은 호흡으로
하늘을 사랑하고
이웃을 사랑하며
새 하늘을 본다.

* 시작(詩作)노트
　이 시는 필자가 2012년 1월 23일 민속명절인 설날 청평호반을 따라 강남금식기도원에 가서 뜨겁게 기도하며 로마서 12:2절(새 사람)과 마태복음 22:37-39(하나님 사랑, 이웃 사랑) 말씀에 은혜 받은 가운데 지은 시임.

늦가을, 산정호수에서

명성산, 관음산을 병풍으로 두른
산중 우물가
찬연한 햇빛 쏟아지는데
오색 단풍잎 떨어지는 소리
겨울 숨소리로 들려온다.

호수에 피어난
하얀 분수 꽃
하늘로 하늘로 솟는데
온실화원에서는
허브차 향내 짙다.
뜨거운 가슴을 연다.

물새들은 잔잔한 물결 가르며
강 같은 평화 노래하고
단풍나무, 소나무는 한데 어우러져
하나로 춤을 춘다.
소망의 노래되어 메아리친다.

대관령 목장에서

오색찬란한 꽃 무늬 옷 갈아 입은 대관령
구름은 손에 잡힐 듯 하고
하늘의 음성
우주에 찼다.

풍력발전 바람개비
돌지 않고 서 있는데
구름사이로 흐르는 연한 햇빛
추수의 기쁨을 흠뻑 적신다.
동해에서 들려오는 바닷소리
내륙에서 불어오는 단풍향기
대관령에서 오케스트라의 향연 펼친다.

양떼들은 푸른 초원에서 목자를 따르고
목자는 잃은 양 한 마리까지도 찾아
사랑의 빛으로 달린다.
호산나, 호산나,
소망의 합창소리 메아리친다.
주 하나님 지으신 모든 세계

하늘이 창조한 산, 나무, 풀, 공중에 나는 새들
만권의 책보다
더 큰 것을 안겨 준다
하늘의 지혜를……

* 시작(詩作) 노트
   2012년 10월 13일 소망교회 호산나찬양대 야외예배 시, 대관령정상에 올라 삼양목장을
돌아보며 기도하는 가운데 하나님의 창조섭리를 깊이 새기며 지은 시임.

용문산을 병풍으로 두른 양평

한반도 지도 가운데 점찍은
양평
용문산을 병풍으로 두르고
산과 강들이 손을 잡았다.
자연과 문화의 오케스트라를 연다.

금강산에서 발원한 북한강
대덕산에서 발원한 남한강
두물머리에서 만나
한강을 이루고
서울의 젖줄로 자라
바다로 세계로 미래로 흐른다.

천년을 살아온 은행나무
용문산을 태우고
소나무, 단풍나무와
어우러져 춤을 추며
양평을 노래한다.
한국을 노래한다.
하늘을 노래한다.

* 시작(詩作) 노트
　2011년 11월 1일 동료 장로들과 함께 양평과 용문산을 돌아보며 기도하는 가운데 시상이
떠올라 지은 시임.

눈꽃 향기에 젖은 중앙선 철길

양평에서 서울로
눈꽃향기에 젖은
중앙선 철길
전동차는
소망의 노래 싣고 달린다.

푸른 하늘
하얗게 열리고
흰옷 입은 산과 들, 강
시든 나뭇가지에도
마른 잎사귀에도
눈꽃 피어 새 생명으로 탄다.
입춘대설(立春大雪)!

찌든 사회도, 시든 인간도
흰 눈꽃으로
다시 피어났으면……
하얀 열매로
새 생명 잉태했으면……
밝은 새봄 올 수 있으련만……

양평과 남양주를 가른
두물머리
남한강 북한강이 만나
한강을 이루고
하나로 만났다.
수도의 젖줄로 떴다.

한반도 한 가운데 자리한 곳

양평!
뒤 집어 본 그 이름
평양!
서울로 가는 길에
통일의 씨 뿌린다.
가자!
달리자!
뛰자!

온 누리에
하얀 눈꽃 활짝 피우자
하나로!
평화로!
세계로!

* 시작(詩作) 노트

이 시는 2013년 2월 4일 봄을 알리는 입춘(立春)을 맞아 10cm의 대설이 내린 중앙선 철
길을 달리면서 눈꽃 피어 만발한 산과 들, 강을 보며 하나님의 창조섭리에 감탄한 가운데 감
사한 마음으로 기도하며 지은 시임. 특히 양평에서 서울로 가는 중앙선 전철에서 흰 옷으로
갈아입은 산과 들, 강, 마른 나뭇가지에도, 시들은 잎사귀에도 눈꽃으로 새 생명이 약동하는
자연의 아름다움을 보면서 북한, 통일 분야를 전공한 필자가 우리 인간사회도, 남북한도 깨
끗한 흰옷으로 갈아입고 하나로, 통일로, 평화로, 세계로 달려갔으면 하는 간절한 마음으로
기도한 가운데 시상이 떠올라 감동이 되어 지은 시임.

양평에서 서울로 가는 새벽 길

동녘하늘에선
태양 빛 솟고
나무담장 두른
산 허리 허리를 태운다.
하늘의 창조, 다스림

양평에서 서울로 가는 새벽 길
오색찬란한 산 길
삼원색의 강 길
생녕의 바람으로 탄다
자연 사랑

푸조는 달리고 뛰어
청평, 팔당을 넘어
봉안터널에서
만물의 생사(生死)를 본다.
인간 사랑

양평에서 서울로 가는 새벽 길
아침장막 트이고
올림픽 대로는 열린다
강남은 탄다
소망의 빛
사랑의 빛
하늘 사랑

---

* 시작(詩作) 노트

　이 시는 2013년 3월 10일 주일 찬양과 예배에 참여하기 위해, 양평에서 서울로 가는 새
벽길을 달리면서 사순절 기간 주님 십자가의 길, 고난의 길(비아 돌로로사)을 생각하며 하나
님이 창조하신 아름다운 산과 강을 보며 기도하는 가운데 지은 시임.

해운대에서 송정으로

KTX 철길 따라
서울에서 부산으로
하늘이 준 나의 생
축복의 노래로 맑다.

해운대의 푸른 바닷길
해변의 갈맷 길
하늘과 땅 사이에서 손을 잡고 걷는다.

남녘하늘엔
기러기떼 짝을 짓고
춤을 추며 날고 있다.
사랑노래 부르며

하얀 파도는
백 사장을 때리고
하늘은 땅을 때리는데
짙은 바다 향기가 내게로 달려온다.
나의 생일을 함께 노래하며

* 시작(詩作) 노트
　　이 시는 2013년 4월 13일 부산 해운대와 송정바닷가를 거닐며 하나님의 창조섭리와 인도
가운데 살아온 나의 생애를 돌아보며 지은 시임.

하늘의 빛, 소망의 여정

선교의 꽃 순천
하늘의 정원으로 빛나고
순교의 피 여수
세계의 엑스포로 떴다.
소망의 여정 하나로
사랑의 노래 메아리친다.

자연이 내린 정원
세계가 가꾼 화원
하늘의 오케스트라를 연다.
하나로 미래로……

두 아들 순교 제물로
아들 죽인 자를 아들로
사랑의 원자탄을 쏜 순교자
"이 땅의 사람이 아니었다"는 시를 남기며
절대감사로 영원한 빛을 발한다.

하늘이 기름부은 소망의 종들
"우리의 연수가 칠십이요 강건하면 팔십이라도
그 연수의 자랑은 수고와 슬픔뿐이요 신속히 가니
우리가 날아가나이다"(시 90:10)를 영혼에 새기며
진리로, 하나로, 사랑으로 뜨거운 가슴을 태운다.

---

* 시작(詩作) 노트

　필자는 소망교회 은장회(원로장로, 은퇴장로로 구성)에서 2013년 5월 24일과 25일 선교
의 요람 순천에서 열린 국제정원박람회와 여수에 위치한 손양원 목사의 순교기념관을 방문
하는 과정에서 민족의 평화통일과 북한선교에 관한 특강을 하고 기도하는 가운데 지은 시임.

경마공원에서

하늘이 창조한 자연
인간이 주조한 정원
하늘과 자연, 인간이 손을 잡고
관악산 자락 과천에
경마공원을 이루었다.

단풍나무, 소나무 어우러져
붉고 푸른 초원 이루고
야생화 향기 숨소리 되어 메아리친다.

잔디광장, 전통혼례장
야외무대, 원두막
가족공원을 이루어
행복의 마을로 우뚝 섰다.

이 행복의 마을에서
말들은 뛴다.
꼴인 지점을 향해 말고삐 맞아가며 뛴다.
세상에서 뛰고 있는 인간들이 경쟁하듯......

* 시작(詩作) 노트
  2013년 6월 19일 서울강남노회 역대 부노회장들로 조직된 샬롬회에서 과천에 위치한 경
마공원을 찾아 산책을 하며 기도하는 가운데 지은 시임.

남한강의 가을

동녘에 솟아난
아침 햇살
뭉게구름 사이에서 웃고
남한강의 가을을 밝힌다.

푸른별들이 솟아난 뒷동산엔
밤, 도토리 뒹굴고
산새들 노래 소리 메아리쳐 퍼진다.
소와 닭 다투어 울고
남한강의 아침을 연다.

가을 들녘엔
노오란 벼이삭 영글어
고개를 숙이고
콩, 동부, 들깨나무도
함께 춤을 춘다.
땅의 진실과 겸손을 본다.
맑은 하늘을 본다.

* 시작(詩作) 노트
  2013년 10월 11일 아침 남한강을 물들인 산하를 바라보며 양평 현대성우아파트 뒷동산,
노오랗게 익어간 벼이삭으로 가득한 가을 들녘을 거닐며 기도하는 가운데 지은 시임.

평양의 아침

푸른 하늘 아래
대동강은 말이 없고
평양의 아침
뿌연 안개로 젖어있다.

동편에선
태양 빛 찬연한데
평양의 아침은
아직도 깊은 밤이다.

빛 바랜 아파트
불빛은 간 데 없고
짜여진 낡은 사회주의만을 알린다.

남·북을 잇는
충성의 다리
옥류교
건너는 사람
달리는 차도 없다.
서울로 가는 통일 거리도
한산하하기만 하다.

이제 이데올로기의 깊은 잠에서 깨어
통일의 새 아침을 열자
사랑으로 평화로 하나로 뛰자

*시작(詩作)노트
　　필자는 2003년 8월 14일부터 17일까지 평양에서 열린 평화와 통일을 위한 8.15민족대회
에 관동대 북한학과 교수로서 학자대표로 참여하여 통일세미나를 마치고 민족의 평화통일을
염원하며 지은 시임. (월간문학 통일시선 작품임)

삼지연에서 백두산까지

하늘이 창조한 산
백두산
민족의 꿈을 보며
통일을 실은 차는
백두고원을 달린다.

김정일 화가 피어 있는
양강도 혜산의 삼지연
우리는 하늘을 향해
두 손을 모았다.

벗나무, 이깔나무는
하늘로 솟고
노오란 야생화는
평화를 노래한다.
아스팔트로 다진 외통길
통일의 길로 트인다.
민족의 얼로
백두산을 잇는다.

대동강아 말해다오

뜨거운 가슴으로 기다렸던 길
가깝고도 머~언 평양 길
"대동강아 말해다오"
통일의 그날을.

반만년 엉켜 온 진한 피
끊어진 허리 잡고
우리는 함께 울어야 했다.

이제 그렇게도 애타게 기다렸던 마음들
타오르는 사랑으로 만났다.
미끄러지며, 넘어지며 달려왔다.

사랑, 평화, 민주, 자유, 복지, 통일
통일조국이 지녀야할 가치
우리는 하나로 가꾸어가자.
웃음으로 통일의 염원 밝히자.

대동강에 우뚝 솟은 두 개의 분수
평양하늘로 치솟는다.
주체사상탑과 경쟁한다.
대동강아 말해다오.
통일의 그날을......

* 시작(詩作)노트
　이 시는 필자가 2003년 8월 14일부터 17일까지 평양에서 열린 평화 통일을 위한 8.15민족
대회에 한국의 학자대표로 참여하여 대동강 가에서 민족의 평화통일을 염원하며 지은 시임

묘향산 가는 길

평양에서 신의주로
철길 따라
고속도로는
뻗어 있는데
달리는 차는 없다.

옥수수, 콩, 벼
"무더기" 비를 만나
간신히 여물어 가고
청천강에서 금천강으로
새까만 아이들의
한이 솟구친다.

이제 우리는
손에 손을 잡고
통일 조국의 꽃
향기 넘치는 꽃
한껏 피워 보자.

개성으로 부는 바람

송악산, 진봉산 골
새로운 개성시가 떠오르고
선죽교는 옛 고려의
흔적으로 남았다.

군사분계선은
남북의 한(恨)을 안고
산새들은
자유롭게 남북의 하늘을 날고 있다.

기정동 마을엔 인공기,
대성동 마을엔 태극기,
그 두 개의 깃발은
분단의 눈물로 펄럭인다.

개성에서는
고려의 음성 들리는 데
오늘의 빛바랜 냄새만이 진동한다.

사천강에 분단의 아픔 묻자
임진강에 통일의 기쁨 열자
개성으로 부는 바람,
평화의 바람
통일의 바람으로 불어라.

*시작(詩作)노트
　　필자는 대학에서 북한학을 가르치는 교수로서 시간 나는 대로 통일로를 달려 도라산 전망
대에 올라, 그리고 개성에 직접 들어가서 황폐된 옛 고려의 수도 개성을 보며 민족분단의 아
픔을 생각하면서 지은 시임.

남포로 가는 통일의 길

청년영웅 도로
하얀 중앙선의 십차선 길
사랑 실은 십자가의 길로
평화 실은 통일의 길로
굳게 굳게 뻗어가라.

옥수수, 벼 이삭은
여름을 재촉하고
문화주택, 아파트는
사회주의를 재촉한다.

8Km의 서해갑문
대동강과 황해를 잇고
남과 북을
하나로 묶는다.
세계로 미래로 뛴다.

금강산에서 뜨거운 가슴으로 잡은 남북의 손

민족의 산
세계의 명산
가슴깊이 담고 싶은 산
내금강, 외금강, 해금강이
손에 손을 잡고
만물의 숨소리로
통일 오케스트라를 연다.

광복 60년
십자가 고난
부활의 기쁨으로
하늘이 창조한 산에
남북교회가 하나로 모여
분단의 아픔
통일의 소망을 본다.

의와 화평이 서로 입 맞추고(시편 85 : 10)
세상이 주는 평화를 넘어
하늘이 주는 평화에 젖어
뜨거운 가슴으로 잡은 남북의 손
하나로 모았다.

*시작(詩作)노트
  이 시는 2005년 3월 22일부터 24일까지 한국의 대한예수교장로회 총회와 북한의 조선그
리스도교연맹이 공동으로 광복60주년 및 부활절 기념예배를 드렸는데 필자가 전 총회 남북
한선교통일위원회 위원장으로서 교단대표로 참여하여 예배시간에 대표기도를 드리고 나서 지
은 시임.

베르린장벽은 무너졌는데

베르린 장벽은 무너졌는데
휴전선 장벽은
왜 이대로 남아 있어야 하는가?
찢겨진 우리 가슴을 먼저 돌아 본다.

25년전 무너진 베르린 장벽
곡괭이 쇠망치 소리
자유! 자유! 외치는 소리
월요일의 성 니콜라이교회
무릎 꿇은 두 손! 두 손!
하늘을 향해 높이 높이 올랐다.
평화로 통일로 가는 길을 열었다.

이제 휴전선의 철조망을 거둬내자
한반도 허리를 잘라버린 장벽을 헐자
내 자신의 장벽, 내 가정의 장벽 지역의 장벽, 계층의 장벽
남북의 장벽, 민족의 장벽까지도 다 헐어 버지자
하늘을 보며 두 손을 모으자.

* 시작(詩作) 노트
　　2014년 11월 9일 베르린 장벽 붕괴 25주년을 맞은 독일국민들의 통일축제(1990년 10월 3일 동서독통일 이룩)를 보며 한반도 분단현실을 애통해 하며 남북의 평화통일을 기원하는 마음으로 기도하는 가운데 지은 시임. 2015년 3월 30일(월)에는 성니콜라이교회 월요기도회를 주도했던 보네 베르거 목사 설교 시 저자가 예배인도를 하고 함께 한반도 평화통일을 위해 기도했음.

평화로 연 통일

반만년 긴긴 세월 한 핏줄 이어
눈물도 웃음으로 함께 참으며
7천만 뜨거운 손 하나로 잡아
평화로 통일의 문 활짝 열었네

분쟁을 화평으로 바꾸는 역사
미움을 사랑으로 생명 길 열어
통일의 꽃핀 동산 힘써 가꾸세
평화로 열린 통일 소망을 보네

통일 조국 달려간다 세계로 미래로
한반도는 푸르고 한민족은 빛난다
평화로 연 통일

* 시작(詩作) 노트
  2015년 8월 25일 8.15광복 70주년을 보내면서 일촉즉발의 남북긴장과 갈등을 보며 평화로 연 통일을 소망하며 생명길로 인도할 통일 민족, 세계로 미래로 달려 갈 통일 조국을 그리며 지은 평화통일 노래 시임.

하늘 문을 바라보며

하늘 문을 바라보며 소망동산 가꾸세
주님만을 의지하니 우리 모두 기쁘네

세상만을 섬긴자들 날로 날로 슬프다
뜨거운 가슴으로 사랑의 빛 비추세

사랑하는 마음모아 형제자매 하나로
두 손 들고 기도하며 감사로 살아가세

〈후렴〉
주님 손 펴실 때 더 가까이 가오니
새 하늘 새 땅이 환하게 밝아오네

* 시작(詩作) 노트
　이 찬송가는 성경 이사야 65장에 근거하여 새 하늘과 새 땅을 바라보며 종말론적 신앙으로
구원의 역사 속에 살아가고자하는 염원 속에 기도하며 지은 찬송시임. 하나님을 버리고 세상
것 우상을 섬기는 자 되지 말고 주님 손 펴실 때 우리 모두 주님과 가까이 동행하며 주님 뜻
안에서 하나 되고자 소망하며 오직 하나님은혜에 감사하며 살아야함을 강조한 찬송시임.

노을진 서쪽 하늘

노을 진 서쪽하늘 분홍 빛 하늘 그려
푸른 별 꿈을 안고   새 하늘을 노래한다
매화 꽃 향기처럼 동토의 땅 짙게 뿌려
늘 푸른 소나무로 생명의 빛 밝혀주네

동녘의 어두움을 뚫고 나온 태양처럼
황금 빛 밝게 솟아 은빛새벽 열고 열어
소망의 돛을 달고 힘 차게 노를 저어
진리의 빛이 되어 온 누리를 밝혀주네

〈후렴〉
하늘의 가슴으로 만물을 찬양하세
뜨거운 사랑으로 인류를 노래하세

* 시작(詩作) 노트
  이 가요시는 고령화시대 인생의 황혼길에서도 노을 진 서쪽하늘을 보며 항상 푸른 꿈, 밝은 소망을 잃지 않고 동녘하늘을 밝힌 태양처럼, 밤하늘에 반짝이는 푸른 별처럼 희망찬 하루하루를 살아가고자 하는 염원을 담아 노래하는 가요 시임. 특히 하늘을 사랑하고 만물을 사랑하고 인류를 사랑하는 마음으로 진리의 빛을 세상에 비춰가야 함을 강조하고 있는 가요 가사임.

제5부

평화로 세계로 피어난 진리의 꽃

시카고 하늘아래

8.15광복 50돌
평화의 꽃, 통일의 꽃
시카고 하늘아래 피어났다.

사랑 때문에 잃어버린 강의가방
그래도 마음을 웃음으로 밝혀
감사의 영으로 불태웠다.

변하는 세계, 하늘나라
자유, 평화, 통일
믿음, 소망, 사랑
하늘의 진리로 일깨웠다.
천국 문을 바라보며……

* 시작(詩作)노트
　　이 시는 필자가 광복 50주년을 맞아 1995년 8월 3일부터 6일까지 미국 시카고 한인교회
에서 부흥성회 및 통일강연회 강사로 초청 받았을 때 뉴욕 죤 F. 케네디공항에서 강의노트가
든 가방을 잃고도 감사한 마음으로 하나님께 기도하며 성령께서 인도하신대로 하나님 은혜
가운데 집회를 마치고 지은 시임.

트리니티를 밝힌 평화의 빛

진리의 빛으로 밝아 온
트리니티 신학대학
통일 선교의 함성으로 드높다.

통일로 가는 길
복음의 빛으로 밝아
그리스도 안에서 남북을
하나로 묶어라

가슴으로 하나
머리로 하나
북녘을 향한 꿈
하늘나라 꿈을 보며
트리니티를 불태워라.

* 시작(詩作)노트
　이 시는 필자가 1995년 8월, 광복50주년을 맞아 미국 시카고에 있는 트리니티 신학대학
에서 평화통일과 북한선교에 관한 강연을 하나님 은혜가운데 마치고 지은 시임. 이 집회 후
에 북한선교에 관한 논문으로 박사학위를 받은 신학대학원생도 있음.

LA, 휴스턴에 피어난 통일의 꽃

통일의 꽃
LA, 휴스턴
디아스폴라의 가슴에 파도친다.

갈라진 민족의 가슴
동강난 조국의 허리
그 아픔을 보며
통일의 꽃으로 피어난다.

하늘나라의 꿈으로
자유와 평화로 우뚝 선
통일선교대학
저 북방 얼음산을
진리의 빛으로 녹이라.

* 시작(詩作)노트
　이 시는 2004년 3월 29일부터 4월 2일 까지 미국 LA와 휴스턴에서 열린 한기총 통일선
교대학에서 "최근 평양에서 본 북한실상과 평화통일 ", "북한의 종교정책과 통일 선교" 제
하의 강의를 마치고 지은 시임.

캐나다에 메아리 친 통일의 노래

캐나다에 메아리 친
통일의 노래
북방으로, 세계로 뜨거워져

하늘을 향한 영감, 외침
평양에서 본 검증된 진리
새롭게 다가오는 북녘의 하늘과 땅
남북이 함께, 동서가 함께

하늘이 기뻐한 여인 헵시바(이사야 62 : 4)
"북녘하늘"
"평화로 하나"
통일의 노래로 뜨거워
캐나다를 울렸다.

* 시작(詩作)노트
   이 시는 2005년 2월 12일부터 21일 까지 캐나다 벤쿠버, 에드몬톤, 캘거리에서 한인회원,
민주평통자문위원, 교회성도들을 대상으로 평화통일과 북한선교에 관한 강연과 헵시바 찬양
단(단장 홍경순 권사)의 찬양을 하나님 은혜가운데 마치고 지은 시임.

헵시바, 그 기쁨과 평화

하늘이 기뻐한 여인
헵시바(이사야 62:4)
서울에서 벤쿠버로
에드몬톤에서 캘거리로
영혼의 노래 부른다.

진리의 영
사랑의영
자원하는 영혼이 하나로
두 손을 모으고
그리스도 안에서
하나를 외치며(엡1:10)
뜨거운 가슴으로
통일의 길을 연다.

이데올로기를 넘어
사랑으로 껴안은 북녘 어린이
남북을 하나로
세계를 평화로 가꾸자.

단풍으로 물든 캐나다

은빛 노을진 바다
햇빛 찬란한 하늘
단풍으로 물들었다.

메이플 리프(maple leap)
국화로
국기로

대서양과 태평양 사이에서
진리의 잎
평화의 잎
그 향기 짙고
세계를 진동한다.

남유럽, 하늘의 빛으로

대서양의 블루오션
이베리아반도를 꺼안고
남유럽의 빛으로 밝아온다.

타리파 항구
유럽의 짙은 바다냄새
높고 푸른 하늘
태양빛 쏟아낸다.
하늘의 빛으로……

올리브유, 야자수, 자카란다
스페인 포르투칼을 노래하고
그라나다의 알함브라 궁전
아랍왕조의 붉은 성으로 떴다.
꼬르도바의 모스크사원
이슬람, 기독교문화의 꽃을 피웠다.
진리의 빛으로 밝아라

세비아에선
콜럼버스, 돈주앙의 숨소리 들리고
성모마리아 성당에선
베드로의 천국열쇄를 본다
예수그리스도의 이름으로
톨레도에선 삼위일체 열었다.
산토토메교회 하늘의 빛으로……

스페인, 포르투칼
과르디아강을 국경으로
EU의 빛을 밝힌다

자유, 평화의 빛 발한다.
떼주강, 바스코다가마 다리
리스본을 세계 미항으로 띄웠다
포르투칼의 땅끝마을 까보다로카
유럽의, 세계의 땅끝 마을로 떴다.
대서양의 세찬바람, 삼각파도
하늘의 소리
오케스트라를 연다
십자가 보며
한민가족은
두 손을 모았다.

* 시작(詩作)노트

　　"모로코의 하늘, 지중해 연가, 남 유럽 하늘의 빛으로" 시는 저자가 세계사이버대학교 총
장으로 재직하면서 2010년 5월 24일부터 6월 3일까지 한민족선교 가족들 그리고 세계사이
버대학 교직원들과 함께 북아프리카, 남유럽 등 선교여정의 길에 기도하면서 지은 시임.

모로코의 하늘

북아프리카의 하늘
먹구름 덮여
하늘이 창조한
산하도 들녘도
안개 속에
잠들어 있다.

유럽, 아프리카,
중동문화가 손을 잡고
모로코, 알제리, 리비아, 튀니지는
마그립 4개국을 이루어
해가지는 서쪽을 알린다.
해가 뜨는 동쪽에서
두 손을 모은다.

카사블랑카, 라바트, 페즈, 탕헤르
모로코를 노래하고
목자 잃은 양떼들은
푸른 초원에서 춤춘다.
밀밭 사이로
땅과 하늘사이로
한민가족은 뜨거운 가슴을 열었다.

지중해 연가

지중해는
북아프리카와 남유럽에
다리를 놓았다.
문화의 다리
인간 삶의 다리로......

TANGER JET2
사람을 싣고
자동차를 싣고
지브랄타 해협에서
사랑의 노래 부른다.

맑고 푸른 지중해
갈매기 떼 춤추고
요트 떼 서로 다투며
돛단배는 유유히 바닷물살 가른다
한편의 오케스트라를 연다.
스페인을 향하여......

하얀 등대는
항해하는 배에
사랑의 빛 보내고
북아프리카를 깨운다
남유럽을 노래한다.

별빛 찬란한 중국하늘

별들이
사랑을 노래한다.
은하수와 춤을 춘다
중국의 밤하늘을 밝히며......

북두칠성은
손에 손을 잡고
얼도스의 밤을 연다
언거패이(恩格貝)의 사막혁명으로
내몽골을 중국의 푸른초원으로......

중국하늘을 수놓은
수많은 별들
찬란한 보석으로 반짝이고
하늘의 소망으로
세계를 밝힌다.

애심양광(愛心陽光)의 꿈을 안고

두 손을 모았다
지혜의 깊이로
지식의 넓이로
애심양광의 꿈을 안고

의술로, 이미용으로, 식수로,
문화사역으로, 영상으로
소망의 노래
하나로 울렸다.
뜨거운 사랑으로
찬란한 빛으로 영원하라

"겔"에서는 내 몽골의 연기
하늘로, 하늘로 솟는다
사막에는 푸른 호수가 뜨고
낙타는 열을 지어 지친 걸음 달래는데
나는 사막 썰매 타고 급경사를 달렸다
나의 방패이신 하늘만 바라보며

* 시작(詩作) 노트
  이 시는 필자가 소망교회 사무장로서 북방선교부장으로 재임 시 중국의 여러 성(省)을 순회하면서 성장, 시장, 현장 등 당, 정 관료들을 대상으로 "경영정보와 경영전략" 과목을 강의하며 중국의 변화하는 모습을 보고 지은 시임.

남경의 향기

동양과 서양
고대와 현대
손에 손을 잡고
대지의 향기 뿌린다.

명나라의 성벽
주원장의 궁궐은 간 데 없고
시 정부만이 남경의 향기 뿌린다.

매화산 꽃향기
숲 터널에서 더 짙고
중산 농원은
삼민주의로 탄다.

열조대의 수도
남경의 배
북방의 마차가
불빛 물길 가른다.

칠백 오십만의 남경
강소의 성도로 자라
동방에
서방에
세계만방에
중국의 향기 뿌린다.

청해 호숫가에서

곤룬산맥은
눈꽃 옷으로 단장하고
일월산에선
장족의 깃발 휘날린다.

푸른 초원에서는
진한 풀 향기 가득하고
목자는 양떼를 몬다.
빛과 사랑으로
청해성 애심양광

금빛 유채꽃
청해호에서 숨쉬고
황하와 장강(양자강)을 달린다.
하늘을 보며
땅을 보며

맑고 넓은 호수
높고 푸른 하늘과 손잡고
넓은 바다를 따라
깊은 호흡을 한다.

하늘의 음성이
쉴만한 물가로
영원한 생명으로 인도한다.

중국하늘아래 빛난 화서

강소의 빛
무석의 별
화서촌
중국하늘아래
밝은 빛으로 떴다.

신 농촌 건설의 빛
후진타오의 감사 ! 감사 !
장쩌민의 행복 ! 행복 !
그 감사와 행복이
진리로 사랑으로 빛나라

화서금탑
오백호의 별장
팔십 개의 오업(농업, 공업, 상업, 건축업, 관광업)
새들은 화서의 빛을 노래하고
보름달은 중천에서 웃음을 보낸다.
사랑, 기쁨, 감사로 빛을 발하라.

* **시작(詩作) 노트**
　　이 시는 필자가 2007년 11월 강소성 무석시에서 열린 애심양광 교육프로그램에서 성장, 시장, 현장 등 당정관료대상으로 "경영전략과 리더십" 강의를 마치고 화서촌을 돌아보며 지은 시임. 화서촌은 중국에서 신 농촌 건설 사업으로 발전한 모범적인 농촌으로 중국 중산층 이상의 소득자들이 사는 곳임.

일본에서 잡은 남북의 손

철통같은 북녘의 담장
흩어진 남북의 가슴들
도꾜, 오사카, 후꾸오카에서
뜨거운 손을 잡았다.

조국의 사랑노래 부르며
십자가 앞에 모인 영혼들
가슴을 활짝 열고
함께 무릎을 꿇었다.

쓴 물을 마시며
분단의 아픔을 노래했고
성찬의 떡을 떼며
꿈에도 소원은 통일을 외쳤다.
남북이 하나로 하늘을 노래했다.

* 시작(詩作)노트
　북한의 문이 열리기 전까지는 남북 기독자들이 일본, 미국, 유럽 등지에서 만났다. 1995년
부터 1998년 까지 사이에 남북기독교 대표들이 일본의 도꾜, 오사카, 후꾸오카 등에서 모일
때 저자가 한국기독교계 대표로 참여하면서 기도하는 가운데 평화통일을 염원하는 마음으로
쓴 시임.

모스크바의 붉은 광장에서

붉은 불길 타오른 광장
크레믈린 궁전
레닌 묘역
군사박물관
빛바랜 공산주의를 말한다.

어두움이 깔린 광장
순결(백), 사랑(청), 정열(홍)
그 깃발 휘날리고
바실리 성당에선
하늘의 종소리 들린다.

고르바초프의
페레스트로이카
글라스노스트
러시아의 자유로
세계의 평화로 밝았다.
새로운 페레스트로이카를 열라

* 시작(詩作) 노트
　이 시는 필자가 세계사이버대학 총장으로 재임 시 2009년 10월 14일부터 16일 까지 사
이에 고르바초프 재단을 방문하고 모스크바의 붉은 광장에서 지은 시임.

필리핀의 정(情), 팍상한

팍상한의 푸른물
야자수 그늘에서 뛰며 춤춘다
남국의 정(情)을 깨운다.

산죽(山竹)의 옷을 입고
필리핀의 물결 튀는 카누
사랑의 파도를 연다.

필리핀의 한(恨), 팍상한
강한 폭포수 되어
자연을 때린다
인간을 때린다
하늘의 세계를 노래한다.

* 시작(詩作)노트
　 필자가 서울 강남노회 장로회 회장으로 봉사하면서 2001년 2월 14일부터 17일까지 필리핀에서 열린 장로회 수련회를 마치고 마닐라 근교 팍상한 폭포를 관광하며 쓴 시임.

베트남 통일 연정

분단
전쟁
통일,
통제의 사슬
암흑의 땅 일구어
복음의 빛을 잃었다.

바딩 광장
죽어 있는 산 호지민
거짓 신을 본다.

어두움에서 빛으로
베트남 연정
도이모이
베트남의 자유
세상 빛으로 환하다
진리의 빛으로 밝아라.

섬들이 춤을 추는 하롱베이

하늘이 창조한 3천의 섬들
하롱베이의 푸른 바다에서
손에 손을 잡고 춤을 춘다.

석회암으로 빚은 섬
물꽃으로 피어나
세계인을 부른다.
베트남의 창을 연다.

해가 지기도 전에
동편에선 달이 다투어 뜨고
섬, 바다, 땅이 어우러져
베트남의 자연유산으로 밝다.

파도 없는 섬 바다의 유람선
하늘의 궁전을 말하는 천궁동굴
선녀와 지겟 꾼
견우와 직녀
천사의 날개
아가페, 에로스의 사랑, 하늘의 사랑

태국의 하늘아래

방콕의 쑤완라풍 공항
석가의 숨소리 가득한데
하늘의 소리 들린다.

무엉 보란
건물, 다리, 배
뱀을 닮고
태국문화의 계승자로 떴다.

77층 바이옥 호텔
뷔페식당은 서양문화의
꽃을 피웠다.
하늘나라 높이 올라라

* 시작(詩作)노트
　"태국의 하늘아래" "캄보디아 사랑"시는 필자가 세계사이버대학 총장으로 재임 시
2009년 5월 11일부터 15일까지 사이에 태국, 캄보디아에 교직원 연수차 방문하여 지은 시임.

캄보디아 사랑

시엔렙 공항은
남국의 향내 짙고
"쏙썹아이"
"아꾼, 지란, 지란"
사랑의 인사로 떴다.

소승불교의 나라
연꽃이 국화로 피었다
샤론의 꽃으로 피어라

ANGKOR톰엔
남문, 바이욘 사원, 바푸온 사원이
ANGKOR왓을 쌓았다.
하늘의 성을 쌓아라

ANGKOR 왕국
인도차이나의 중심에서
통일신라와 함께
불가사의를 만들었다.

베트남을 따라
3년의 공산주의
킬링필드를 본다
하늘을 향해 두 손을 모았다.

대만하늘을 밝힌 별

제자의 발을 씻는 스승
섬김, 겸손의 진리
하늘의 별이 되어
대만을 밝힌다.
장영대학(長榮大學)

동방박사
사랑의 빛
자유의 빛
대륙으로
세계로
긴 다리를 놓는다.
사랑의 다리를......

* 시작(詩作)노트
　이 시는 필자가 세계사이버대학 총장으로 재임 시 2009년 5월 6일부터 16일까지 대만의
남단 고웅(高雄)에 위치한 장영대학 이사장과 총장의 초청을 받고 방문하여 기독교대학인 장
영대학을 돌라보며 지은 시임.

몽골을 밝힌 사랑의 빛

사막의 땅
초원의 땅
한손엔 진리
한손엔 의술
이태준 그 이름
사랑의 빛을 밝혔다.

일제의 전흔이 깃든 곳
도산의 청년학우회
독립운동
그 모두가
조국을 위한 사랑이었다.

이제 고국을 넘어선 사랑
몽골에 "동의제국" 열어
청나라가 남기고 간 화류병을 고치고
몽골 황제 버그트의 주치의가 되어
사랑의 빛을 발했다.

흰옷 입은 다르항

행운을 안고 복을 싣고
하늘에서 내려온 눈
다르항을 새옷으로 갈아입혔다.

마른 풀밭, 민둥산
고속도로, 아파트, 다투어 흰옷 입고
아침햇살 반긴다.

마롱하라강은
밀밭마을 이루어
몽골농촌을 말한다
새마을 깃발 날리며......

개혁, 개방의 열린 땅
50년을 바라보는 광장에서, 공원에서
달리는 마두금으로
사랑노래 부른다.
헌신의 민족혼으로
하늘의 빛 비춘다.

흰눈밭에서
철길은 녹슬어 있고
러시아로, 중국으로
17개국이 손잡고
21세기를 열어간다
세계로 하나로......

 * 시작(詩作)노트
   이 시는 필자가 2010년 11월 15일부터 20일까지 몽골을 방문하고 몽골 국회의장, 국회
의원, 다르항 올 도지사를 방문하여 학술교류 등을 논의한 다음 17일, 18일 다르항 시를 돌
아보고 떠나면서 흰 눈에 쌓인 다르항의 아름다운 모습을 보며 지은 시임.

헨티도 가는 길에

울란바타르 동편에
떠오른 헨티
러시아와 손잡고
몽골의 노래 부른다.

푸른 하늘은
눈밭을 껴안고
하얀 겔은
목축마을을 이루었다

헨티 산맥을 안고
끝없이 펼쳐진 초원
염소, 양, 소 떼들이 뛰놀고
마른풀 뜯으며
광야의 생존을 외친다.

말을 탄 징기스칸 동상
채찍을 들고
세계를 호령한다
통일 8백년을 알린다.

* 시작(詩作)노트
　이 시는 필자가 2010년 11월 15일부터 20일까지 몽골을 방문하고 몽골 국회의장, 국회
의원, 다르항 올 도지사, 징기스칸 고향 헨티도지사, 몽골 국립대총장을 방문하여 학술교류
등을 논의한 다음 흰 눈에 쌓인 헨티도의 아름다운 모습을 보며 지은 시임.

사람과 물

물은 생명이다.
사람의 몸
지구 촌
모두가 물로 차여 있다.
사람과 물은
하나로 흘러야 한다.

물은
낮은 곳으로 흐른다.
그래도
물이 하나를 이루면
땅을 덮는다.

사람도
낮은 곳에서
땅을 차지한다.
사람이 물처럼
구석구석 파고들어
하늘아래 하나로 흘러야 한다.
빛으로 밝혀야 한다.
평화로 세계로

영혼의 세계를 향하여

하늘과 바다
손에 손 잡고
한 몸 이루었다.
넓은 마음을 편다.

하늘은
파도를 일으켜
바다를 놀라게 하고

하늘은
가슴을 열어
잔잔한 바다를 그렸다.

......하여
하늘에
푸른 꿈을 심자
바다에 넓은 나래 펼치자
영혼의 세계를 향하여

강한 성 방패로 뜬 별

빛 바랜 옛 성터
썩은 냄새 진동하고
거짓 진리 요동 칠 때
참 진리로 95개 횃불을 들었다.

"진리가 너희를 자유케 하리니"(요8:3)
그 기둥 굳게 붙잡고
깊은 영혼의 길을 달렸다.

만신창이가 된 육신
갈기 갈기 찢겨진 마음
그래도
영혼의 불빛 따라
불평대신 감사로
영원한 하늘을 보았다.

가족과 재물, 건강
다 빼앗긴다 해도
살아 숨 쉬는 진리 굳게 잡고
영원한 하늘나라 보며 살리라
강한 성 방패로 뜬 별
세계로 달린다.
미래로 달린다.

* 시작(詩作) 노트
　필자는 2014년 10월 26일 종교개혁(마틴 루터)주일 497주년 맞아 소망교회에서 담임목
사님 말씀(교회, 주님의 영광을 위하여, 고전2:1-5, 시46편)을 듣고 은혜 받은 가운데 지은
시임

제6부

하늘의 소망 안고 달리는 통일의 길

"제6부 하늘의 소망 안고 달리는 통일의 길" 은 저자가 그동안 신문, 방송 등 언론(아래 내용 참조)을 통해 보도된 내용들을 중심으로 간추려 작성한 것이다.

* 저자의 평화통일 관련 언론 출연 내용

KBS

1) KBS TV 뉴스라인(1996.4.8 11시뉴스라인)
1) 남과 북의 실상 (1995년 광복50주년 계기)
2) 즐거운 저녁한때(1995년 광복50주년 계기)
3) 인간주체사상과 하나님 주체사상
   (사회교육방송, 1995년 광복50주년 계기)
4) 노동당 간부에게: 8.15광복과 민족의 사명(광복50주년 계기)

MBC

1) 두고온 산하프로 (70여회 방송)

SBS

1) SBS TV 출발모닝와이드(1996.2.13 아침)

TV 조선

1) 조선일보, TV인터뷰(2013.1.7)(2013년 2월 4일 방영)
   "북한체제, 주체사사상과 기독교의 유사성"

스포츠 조선 (2015.9.18-19일판)

광복 70주년, 국가발전과 평화통일로 가기위한 우리들의 자세, 통일도 준비가 필요하다

EBS

1) EBS TV 통일의 길(1998.12.27금강산관광의 허와 실)
2) EBS TV 통일의 길(1999. 8.15공복특집방송)

동양위성(OSB CTV 방송)

1) OSB CTV 방송 평화통일을 위한 교회의 역할
   (1999.11.8)

극동방송

1) 생명줄 던져(북한체제와 통일 : 광복 50주년 계기,10여회 이상 방송)
2) KX논단
   (통일을 위한 한국교회의 역할 : 광복 50주년 계기, 10여 회 이상 방송)

기독교방송

1) 통일의 그날까지 (기독교와 통일선교 : 20여회 이상 방송)

기독교 TV

1) 통일, 무엇을 어떻게 준비할 것인가?(1997.2.20 포럼42)

기독교인터넷방송

1) 민족통일과 북한선교의 소명, 크리스찬 성공시대(1999.2.18)

〈조선일보, 동아일보, 국민일보, 한국일보, 경향신문, 기독교계 언론 등 통해
저자의 교수, 총장 활동과 평화통일, 선교전략 내용 보도〉

광복 70주년, 국가발전과 평화통일로 가기위한 우리들의 자세, 통일도 준비가 필요하다

– 스포츠조선 2015.9.18~19일판 게재 내용임

[2015 피플 인사이트 – 박완신 박사]
전 관동대학교 법정대학 북한학과 교수, 세계사이버대 총장.

광복 70주년을 맞은 올해, 평화통일은 한 민족의 오래된 염원이
자 희망이며 꼭 이뤄내야 하는 당면 과제이다. 통일이 어느 시점에
어떠한 방식으로 이뤄질지 누구도 예측할 수 없지만 어느 날 갑자
기 찾아 올 수도 있는 만큼, 통일을 받아들일 수 있는 체계적인 준
비는 꼭 필요하며 이에 대한 학술적인 연구나 이론, 정책 등 개발
에 있어 다양한 형태의 노력이 필요하다.

북한에 대한 학술적인 연구와 저술 활동으로 통일에 관련된 방송
과 신문 등 대중 언론매체에서 익히 알려진 박완신 박사는 오랜 기간
동안 평화통일을 위해 학술적으로도 많은 연구를 했을 뿐 아니라 학
자, 종교계대표로 북한의 평양, 개성, 남포, 금강산, 백두산, 묘향산
등 여러 지역을 방문하여 얻은 실제의 경험적접근을 통해 객관적으
로 연구해 온 북한학 전문가이다. 그는 공직에 재직하던 시절 북한의
언론매체와 책자를 접하게 되었고 통일 문제에 대해 깊은 관심을 갖
게 되면서 이를 계기로 북한학 전문가의 길을 걷는다.

◆ 통일로 가는 길목에 헌신 할 수 있었던 것에 항상 감사하는 삶

박완신 박사는 북한학이 체계적으로 전혀 정립이 되지 않았던 시절 공직에 봉직하면서 당시 3급 이상 공무원에 응시자격이 주어진 서울대 행정대학원에 입학하여 북한행정학을 전공. 행정학석사학위를 받은 이후, 빡빡한 공직 생활에도 불구하고 단국대학교에서 북한행정학 박사학위 과정을 밟았다. 북한의 정치, 군사, 행정, 경제, 사회, 문화, 종교 등 여러 분야에 대해 폭넓고 심도 있는 학문적 접근을 통해 국내에서는 거의 최초로 북한학 연구의 시발점을 다졌고 25권 이상의 전문 북한학 관련 저서를 출간하여 대학의 교재로 채택되기도 했다. 1998년도에 발행한 〈북한행정론〉은 출간되자마자 큰 반향을 불러일으키면서 대학의 행정학과에서 교재로 채택되기도 했다. 당시 북한학에 대해 전문화 된 이론 저서가 전무했기 때문에 실제적 북한의 사회체계와 행정, 실무 등에 있어 사실적인 이해와 접근에 큰 영향을 미쳤다. 이후 고위공직을 역임하면서 북한학 전문가로서 활동을 이어갔고 관동대학교 법정대학 북한학과 교수재직, 세계사이버대학교 총장을 역임하면서 많은 후학들을 양성하기도 했다. 특히 통일부 정책자문위원과 헌법기관인 민주평화통일자문회의 상임위원을 역임하면서는 전국 여러 기관 초청을 받아 북한, 통일 분야 강연을 하여 통일문화 확산에 기여한 바 있다. 그리고 미국, 캐나다, 중국, 러시아, 일본, 유럽, 아프리카 등 세계 여러 나라의 초청을 받아 강연을 통해 한반도 통일의 필연성을 강조하기도 했다.

박완신 박사는 "한반도 통일은 우리의 생명과도 같고 통일을 이루는 길이 우리민족 모두가 살길이다"라며 "평화통일로 가는 길목에 작게나마 도움이 되고 헌신 할 수 있었던 것에 항상 감사한 마음으로 살고 있으며, 살아생전에 통일의 그 날을 보는 것이 바램이다"라고 말했다.

◆ 100세 시대, 고령화 시대 맞아 대표행정사, 강연활동으로 사회공헌

최근 박완신 박사는 2013년도 행정사법개정으로 제1회국가공인 행정사 자격을 취득하여 대표행정사로 활동하면서 '행정심판 소망'을 운영하고 있다. 행정심판지원센터를 통해 행정적인 부분에 어려움을 겪고 있는 국민들에게 행정구제를 통해 도움을 주고, 시험출신 및 고위공직을 거친 행정사들에게 행정사 제도와 법령, 행정컨설팅 등을 교육하며 후진양성에도 많은 노력을 기울이고 있다. 현재 법정법인 대한행정사협회 교육부회장을 맡으면서 고위공직자, 시험합격 행정사를 대상으로 정부위탁 행정사 창업실무교육도 진행하고 있다. 그는 행정사 관련 교육과 지원활동을 하게 된 것에 대해 개인적으로나 국가적으로도 매우 가치 있는 일이라 생각하고 이에 보람도 많이 느끼고 있다. 행정사 활동 외에도 정부기관, 군, 관공서, 종교단체, 기업체 등 여러 분야에서 강연활동도 활발히 진행하고 있다. 한편 그는 독실한 기독교인으로 소망교회 장로로도 섬기며 봉사하고 있고 한국기독교계의 통일선교대학학장, 남북한선교통일위원장을 역임하기도 했다.

박완신 박사는 "고령화 시대에 접어들고 은퇴 이후에도 활동 할 수 있는 분야는 무궁무진 할 뿐만 아니라 보다 생산적인 활동을 위해 스스로 개척하고 노력해야 건강도 하고 삶의 행복을 찾을 수 있

으며 앞으로 더 열심히 국가와 국민을 섬기며 봉사할 것이다" 라는
말을 전했다.

〈글로벌 경제팀〉

광복70주년, "후손들에게 아름다운 통일 국가를 조성해 주어야"

- 주간인물(2015년 8월 26일) 보도내용임

박완신 행정학 박사(북한행정전공) / 행정심판 소망 대표,
/ 前세계사이버대학교 총장,
공무원에서 교수로, 총장으로, 대표행정사로, 명강사로,
100세 시대 롤(Roll)모델로, 유명강의로 청중들과 만나다

박완신 박사는 나이를 가늠할 수 없을 정도의 역동적인 에너지로
건재함을 과시했다.

25권의 북한학 관련 전문저서와 통일과 관련한 각종 언론매체를
통해 북한 전문가로 익히 알려졌지만 공직과 교수직, 총장임기를
마치고 다양한 청중들과 만나는 요즘, 새로운 에너지를 받고 봉사
하고 있다고 한다. 강연을 비롯하여 활기차게 일하는 그를 보면
100세 시대를 준비하는 건강한 사회 선배 모습을 연상하게 했다.

정부기관은 물론 군, 경찰기관, 기업체, 금융기관, 각 시, 군, 구
단위의 예비군, 민방위 교육 등 다양한 곳에서 명강사로 강연하는
그는 공무원, 교수 출신으로 학문의 체계성과 관료로의 실무를 겸
비하여 인기 강연으로 명성이 높다.

이전에는 북한학 교수로 정치외교학을 전공한 교수가 많았다고
말하면서 공직시절, 북한의 신문, 방송, 책자 등 북한의 각종 매체
를 통해 북한 체제를 파악하면서 통일과 북한문제에 관심을 갖게

되었다. 그래서 북한의 정치, 군사, 행정, 경제, 사회, 문화, 종교 등 북한의 각 분야의 실제에 대해 깊이 알 수 있었고 학문적 접근을 통해 객관적 연구를 하면서 북한학과 교수로 명성을 얻을 수 있었다"고 겸손히 말했다.

세계 유일한 분단국인 한반도 남북한의 평화통일을 위해 조그마한 힘이나마 보탤 수 있게 되어 기쁨으로 봉사하고 있다고 덧붙인다.

또한 박완신 박사는 소망교회 장로로서 한국기독교계의 통일선교대학학장, 남북한통일선교위원장 등을 역임하면서 영혼으로, 마음으로 하나되는 종교적인 통일 활동에도 봉사할 수 있게 되어 감사하다고 했다. 그리고 국내 여러 교회를 비롯 종교단체는 물론, 국가, 정부, 기업체, 군, 경찰기관 등 통일 강연은 물론 미국, 캐나다, 중국, 유럽, 러시아, 일본 등의 초청을 받아 평화와 통일, 경영컨설팅 등 명 강사로 활동했고 종교계, 학계 대표로 평양과 개성, 남포, 양강도 혜산, 금강산, 백두산, 묘향산 등 북한의 여러 지역을 직접 방문하면서 종교회의, 학술회의를 통해 민족의 평화통일을 위해 봉사할 수 있었다는 것은 생애 큰 보람으로 생각한다고 강조했다.

특히 소망교회 장로로 섬기면서 독실한 기독교인으로 북한의 종교에도 관심이 많은 그는 "직접 평양에 가서 종교 활동을 보면서 그리고 북한의 선전영화와 각종문헌을 통한 종교 활동을 분석하면서 북한의 종교는 정치에 융합된 종교의 정치화 현상이 심화되고 있음을 느낄 수 있었다"며 전문가적 견해를 펼쳤다.

덧붙여 권력분립이 형식적으로는 되어 있지만 실질적으로는 조선노동당중심의 정치체제로서 정치와 종교의 융합 현상을 문제로 지적했다. 앞으로 통일시대에 대비 탈북민 등을 지원하면서 북한 선교에 관심을 쏟을 예정이라고 했다.

이러한 박완신 박사의 민족의 평화통일을 향한 비전과 신념은 북한 전문가로의 성장을 이끌었다.

공무원 사무관, 서기관 시절, '안주하지 말자'는 신념으로 서울대학교 행정대학원에서 사무관급 이상 직급을 가진 자를 뽑는다는 광고를 보고 서울대행정대학원 석사과정에 응시, 합격하여 북한행정전공으로 행정학석사학위를 받았다.

그리고 이어서 단국대학교 대학원에서 행정학 박사학위과정을 밟으면서 빡빡한 공직생활로 박사과정을 마치는데 시간적으로 한계를 느꼈지만 민족의 평화통일을 위해 북한행정분야로 박사과정을 밟을 수 있어 감사하게 생각한다고 했다.

특히 일반 행정 분야를 전공하면 차별성이 없다고 판단하여 선견지명을 발휘하여 분단된 우리나라의 현실을 걱정하면서 북한행정전공을 선택했다. 북한 행정을 공부한 것에 후회 없음을 전하면서 북한학교수 임기를 마치고 총장으로 대학 발전에 기여할 수 있었던 것은 '북한학을 전공'했기에 가능했고, 차별성을 인정받고 독보적인 입지를 다질 수 있었다고 전했다.

그의 저서 『북한행정론』은 1998년 발행된 후 큰 주목을 받았고, 행정학과에서 교재로 채택한 최초의 북한행정론으로 북한에 대한 전문화된 저서가 없던 시절 실제 북한행정을 이해하는 데 영향을 미치며 학계의 인정을 받았다.

기억에 남는 강의가 많지만 특히 각 대학 교수, 총장들을 대상으로 북한학 관련 강의를 한 것을 손꼽으며 "북한 자료가 전무후무하던 시절 공직에 있었기 때문에 북한관련 자료를 볼 수 있었고, 세계 유일의 분단국가에 대한 통일 염원을 꿈꾸며 사명감으로 공부했었다고 전하며 총장들이 그 노고를 인정하는 등 북한학 강연에 깊은 관심을 보여주었고 그래서 대학의 북한학과 교수로 부임하게 된 것에 감사했다"고 당시를 회고했다.

정의를 향하여 살던 지난 날

통일, 북한관련 명강사로 명성 높은 그의 삶은 격동의 한국 민초의 힘을 대변했다. 시대적으로 모두가 가난했고, 어려웠던 일제치하의 한국 국민의 아픔 또한 겪어냈다. 학구열이 누구보다 강했던 그는 고학으로 중고교 시절을 보냈다.

여망이 큰 청년으로 대학에 입학하여 법학을 전공하면서는 국가사회의 정의실현을 위해 봉사해야겠다는 일념으로 고시공부를 했고 고시합격하여 국가 인재로의 역할을 하고자 했다. 법률학을 전공하면서 정의를 부르짖으며 4. 19민주 혁명을 경험하면서 죽을 고비도 넘기기도 하는 등 난관을 헤치며 고학으로 대학을 마쳤다. 건실한 청년으로 당시 3급을류공무원(사무관) 공개경쟁시험에 합격하여 공직에 입문했고 "끝까지 공부하여 행정부에서 훌륭한 관료로 성장하겠다"는 결의로 매순간 최선을 다했다.

박완신 박사는 사무관, 서기관으로, 북한행정분야 석,박사학위를 받으면서, 그리고 북한학과교수로, 사이버대 총장으로 봉직하면서 25권의 통일, 북한, 행정, 경영관련 저서를 출간하여 대학의 교재로 채택이 되어 후학 양성에 기여할 수 있어 큰 보람을 느낀다고

했다. 최초의 전문교재로 주목받은 북한행정론은 대학에서 북한행
정 교재로 활용하는 등 학문적 가치가 높았다.

　이러한 권위를 바탕으로 한 대학강의는 수강생들에게 인기가 있
었고 특히 통일, 북한관련 교양과목은 한 학기에 1천 여 명 이상이
수강신청을 하여 4개 반으로 나뉘어 강의를 하는 등 수강생들에게
각광을 받았다.

　겸손히 섬기며 봉사하자
　항상 기뻐하고 감사하라
　오른손이 하는 걸 왼손이 모르게 하라
　교회 장로의 봉사관으로 세상에 빛을 발하자

　역경을 딛고 살아온 박완신 박사는 "자신의 현 위치에 항상 감사
하면서 살고 국가와 민족을 위해 봉사에 게을리 하지 말아야 한
다"며 "오른손이 하는 걸 왼손이 모르게 하라"고 평소의 인생관
을 강조하기도 했다.

　2013년도 행정사 법 개정으로 제1회 국가공인행정사 자격을 받
아 "행정심판 소망" 대표행정사로서 국민의 행정적인 어려움을 구
제하는데 봉사할 수 있어 감사하고 있으며 경영지도사 자격을 최대
한 활용하여 다양한 행정컨설팅을 통해 국민들에게 행정편익을 도
모할 수 있어 보람을 느낀다고 했다.

　더욱이 법정법인 대한행정사협회 교육부회장으로 취임하여 고위
공직자 출신과 시험에 합격한 행정사를 대상으로 정부위탁을 받아

행정사법령, 제도, 행정컨설팅, 각 분야의 행정사 업무를 중심으로 교육을 할 수 있어 그동안 공직자로, 교수로, 총장으로 닦은 실력과 경륜을 최대한 발휘할 수 있어 기쁘고 감사하다고 덧 붙였다.

바쁜 요즘도 "항상 기뻐하고 범사에 감사하고 살면 건강하다"며 교회장로로서의 행복한 가치관을 덧붙였다.

"계층 간, 세대 간, 지역 간 갈등문제 해소를 위한 강연으로 통일문화를 창출하고 남남갈등, 남북갈등을 해소 하고 싶습니다. 또한 통일은 우리의 생명과도 같음을 인지하고 통일에 대해서 우리 세대가 고통스럽더라도 후손들에게 아름다운 통일 국가를 만들어 주어야 합니다. 통일에 대해 관심을 가지고 노력해야 합니다. 통일을 꼭 맞이하고 세상을 마무리 하고 싶습니다." 국가와 통일에 깊은 애정을 드러내는 박완신 박사, 광복 70주년 통일에 대한 관심을 촉구하는 요즘, 많은 곳에서 박완신 박사의 전문성을 요구하고 있다.

북한의 주체사사상과 기독교

- 조선일보, TV 저자와 인터뷰(2013년 2월 4일 방영)

가. 주체사상이 종교적이라는 평가가 있는데 어떻게 생각하시는 지요?

주체사상은 북한권력집단의 통치이데올로기라 할 수 있습니다.

주체사상의 구성요소인 사상에서의 주체, 정치에서의 자주, 경제에서의 자립, 국방에서의 자위 등 기본구조만 보더라도 북한제제 전반에 관한 통치이념으로 작용하고 있음을 알 수 있습니다.

특히 사상 면에서 북한주민에 대한 상징조작의 도구로 이용하고 있기 때문에 종교적인 측면의 접근으로 주민들의 사상, 심리, 가치관, 의식구조, 행태 등을 북한체제에 동화하도록 조작하고 있습니다.

예를 들면 주체사상에서 수령론, 영생론 등을 내놓고 북한민들을 체제나 지도자에게 충성하도록 독려하고 있습니다.

특히 주체사상에서 수령론은 수령중심사상입니다. 즉 수령은 모든 정치 사회적 생명체의 중심이라고 주장하고 있습니다.

제가 한국기독교계 대표로 평양에 가서나 해외에 가서 북한기독교대표들을 만났을 때 "수령은 곧 하나님이다" 라고 하길래 "어떻게 하나님이라 할 수 있느냐?"고 물었더니 수령은 하나님과 같다는 의미라고 설명했습니다.

사실 북한에서 "김일성 그이는 한울님" 이란 책까지 나와 주민들에게 읽도록 하고 있습니다. 이처럼 북한은 수령을 교조로 신화를 창조하여 북한지도자들을 우상화하고 있습니다.

그리고 주체사상을 성경, 경전으로 북한지도자의 탄생한 곳 등을 성지로 미화하고 있습니다. 예를 들면 김일성이 탄생한 곳인 만경대를, 김정일이 탄생했다는 백두산 밀영을 성지로 미화하여 북한주민들을 관람하게 하고 있습니다.(북한에 가서 직접 보고느낌, 만경대 성지로 설명, 백두밀영에 학생 견학, 정일봉 등 있음)

이 수령론이 비판을 받자 영생론이 나왔는데 북한에서 영생론은 "인민이 죽으면 육신은 죽지만 그 혼령은 영원히 산다"고 설명을 하고 있습니다. 북한군에서는 남북이 긴장관계에 있을 때에 인민군들에게 적과 싸울 때는 죽을 각오로 싸우라고 교육했습니다. 즉 "여러분들이 죽으면 여러분 육신은 죽지만 우리 조국은 영원히 산다"라고 교육하며 강훈련을 시키기도 했습니다.

이 영생론은 기독교에서 "하나님을 믿으면 구원을 얻고 영원히 산다"고 하는 의미를 따라 주조해낸 지도자 신격화 술책이라 할 수 있습니다.

제가 북한에 갈 때 마다 제가 교회 장로로서 안타까웠던 것은 "위대한 어버이 수령은 우리와 함께 영원히 계신다"는 글들이 여러 곳에 붙어 있어 북한이 지도자에 대한 지나친 우상화, 신격화를 하고 있구나 하는 생각이 들었습니다.

나. 김일성주의라고 할 수 있는 주체사상과 기독교의 유사성이 있는지.

- 단어, 10대원칙, 김일성주의연구실, 찬양가, 뱃지 등

말씀 드린대로 북한의 통치이데올로기인 주체사상에서의 수령론,

영생론이 특히 기독교와 아주 유사한 점이 많다고 볼 수 있습니다.

그 외에도 "당의 유일사상체계 확립의 10대원칙"은 기독교의 10계명과 상당히 유사함을 볼 수 있습니다.

북한에서 "당의 유일사상체계 확립의 10대원칙"은 북한의 소위 "사회주의 헌법" 보다 우선하는 초법적인 우상화, 신격화 된 법의 원칙이라 할 수 있습니다. 특히 수령이 준 정치적 생명과 부모로부터 받은 육체적 생명이 있는데 정치적 생명은 가장 고귀하고 위대한 것으로서 육체적 생명을 버릴지라도 정치적 생명은 지켜야 하며 이는 죽어서도 수령의 은덕으로 대대손손 그의 전사로서 영원히 빛나는 죽지 않는 삶을 살며 인간으로서 최대의 경지에 간다고 선전하고 있습니다.

북한에서는 노동당 당원증 수여식에서도 "동무들은 언제어디서나 '당의 유일사상체계 확립의 10대원칙' 대로만 살며 생활해야 합니다.", "이는 우리당의 불변의 원칙입니다." 라고 당 책임비서가 강조하고 있는 것을 알 수 있습니다.

북한에서는 수많은 규칙과 규약, 의무규정, 준칙이 있는데 주민들이 노동당에 입당할 때 가장 기억에 남고 열심히 외웠던 것이 "당의 유일사상체계 확립의 10대원칙" 이라 할 수 있습니다.

당의 유일사상체계 확립의 10대 원칙의 기본내용은 다음과 같습니다.

1) 위대한 수령 김일성동지의 혁명사상으로 온 사회를 일색화하기 위하여 몸 바쳐 투쟁하여야 한다.

2) 위대한 수령 김일성 동지를 충성으로 높이 우러러 모셔야 한다.

3) 위대한 수령 김일성 동지의 권위를 절대화하여야 한다.

4) 위대한 수령 김일성 동지의 혁명사상을 신념으로 삼고 수령님

의 교시를 신조화하여야 한다.

5) 위대한 수령 김일성 동지의 교시 집행에서 무조건성의 원칙을 철저히 지켜야 한다.

6) 위대한 수령 김일성 동지를 중심으로 하는 전당의 사상의지적 통일과 혁명적 단결을 강화하여야한다.

7) 위대한 수령 김일성 동지를 따라 배워 공산주의적 풍모와 혁명적 사업방법, 인민적 사업 작풍을 소유하여야 한다.

8) 위대한 수령 김일성 동지께서 안겨주신 정치적 생명을 귀중히 간직하며 수령님의 크나큰 정치적 신임과 배려에 높은 정치적 자각과 기술로써 충성으로 보답하여야 한다.

9) 위대한 수령 김일성 동지의 유일적 령도 밑에 전당, 전국, 전군이 한결 같이 움직이는 강한 조직규율을 세워야 한다.

10) 위대한 수령 김일성 동지께서 개척하신 혁명위업을 대를 이어 끝까지 계승하며 완성하여 나가야한다.

이 10대원칙의 각 절에는 5~10개조로 되어있는 세부원칙이 섬세하게 첨가되어 있다.

예를 들면 "위대한 수령 김일성동지의 권위를 절대화 하여야 한다"에서 1)은 "위대한 수령 김일성동지 밖에는 그 누구도 모른 다는 확고한 입장과 관점을 가져야 한다."고 되어있습니다.

북한의 유일사상 체계 확립의 10대원칙과 성경의 십계명을 비교해 보면 십계명에는

제일은, 너는 나 외에는 다른 신들을 네게 두지 말라.

제이는, 너를 위하여 새긴 우상을 만들지 말고, 또 위로 하늘에 있는 것이나 아래로 땅에 있는 것이나 땅 아래 물속에 있는 것의 어떤 형상도 만들지 말며, 그것들에게 절하지 말며, 그것들을 섬기

지 말라. 나 여호와 너의 하나님은 질투하는 하나님인즉 나를 미워하는 자의 죄를 갚되, 아비로부터 아들에게로 삼사 대까지 이르게 하거니와, 나를 사랑하고 내 계명을 지키는 자에게는, 천대까지 은혜를 베푸느니라.

제삼은, 너는 네 하나님 여호와의 이름을 망령되게 하지 말라. 나 여호와는 나의 이름을 망령되이 일컫는 자를 죄 없다 하지 아니하리라."와 사도신경에서 "전능하사 천지를 만드신 하나님 아버지를 내가 믿사오며, 그 외아들 우리 주 예수 그리스도를 믿사오니,… … 장사한지 사흘 만에 죽은 자 가운데서 다시 살아나시며, 하늘에 오르사, 저리로서 산 자와 죽은 자를 심판하러 오시리라, … ,… 죄를 사하여 주시는 것과, 몸이 다시 사는 것과, 영원히 사는 것을 믿사옵니다."라는 내용과 주기도문에서 "하늘에 계신 우리 아버지여, 이름이 거룩히 여김을 받으시오며, … … 대개 나라와 권세와 영광이 아버지께 영원히 있사옵나이다."의 구절은 하나님 절대숭배와 김일성우상화 등 무조건적인 복종을 강요하는 면에서 유사하다고 할 수 있습니다.

김일성의 아버지 김형직은 기독교학교인 숭실학교를 다녔고, 특히 어머니인 강반석은 이름이 말해주는 반석 그대로 독실한 기독교 신자였으며 김일성의 외조부 강돈욱과 외숙부인 강량욱(북한 전부주석)은 목사였습니다.

아마 성경의 십계명, 사도신경, 주기도문을 "당의 유일사상체계 확립의 10대원칙"을 만들 때 북한권력집단이 자기들의 구미에 맞게 원용하고 있음을 알 수 있습니다.

왜냐하면 노동당 10대원칙에서 김일성의 사상, 존재의 위대함과 받들기, 그의 권위의 절대화와 그의 교시의 신조화, 집행에서의 무조건성, 대를 이은 계승론은 10계명의 1~3과 사도신경, 주기도문 앞머리를 자신들의 체제와 현실성에 입각해 자기들의 구미에 맞게 모방한 점이 있음을 알 수 있습니다.

이러한 김일성의 유일적 영도체계뿐 아니라 당 중앙의 유일적 지도체제도 언급하여 김정일의 후계체제를 명시함으로서 결국 당의 유일사상체계 확립 10대원칙은 김일성 우상화뿐 아니라 김정일의 세습후계체제 및 김정은 세습후계체제 구축에도 적극 이용되고 었습니다.

이 '유일사상체계 확립 10대 원칙' 김정일이 노동당 선전선동담당비서가 된 1973년 9월 기초에 착수, 1974년 2월 노동당 중앙위원회 결의 형식으로 전 주민에게 시달되었습니다. "경애하는 수령님을 영원히 높이 모시고, 수령님께 끝까지 충성을 다해야" 하는 북한은 그야말로 "인민이 수령의 노예로 전락된" 세계에서 볼 수 없는 기형적인 체제로 변질되고 있음을 알 수 있습니다.

그리고 김일성주의 연구실이 북한에 10만 여 곳이 있는 것으로 추산되고 있는데 이 역시 기독교 예식을 거행하는 예배처소와 유사하다고 할 수 있습니다.

김일성주의연구실에서는 매주 일정한 날을 정해서 세 시간씩 학습을 하고 있는데 거의 기독교적인 예배의식과 성경공부 등 훈련하는 모습과 유사합니다.

그리고 매일 아침 출근을 하게 되면 7시 30분부터 8시까지 30분 동안 아침 독보회가 있는데 기독교에서 새벽기도회나 아침 성경공부 등과 유사하다고 할 수 있습니다.

그 외에도 북한가요에서 김일성, 김정일, 김정은을 찬양하는 노래를 송가라고 하는데 기독교의 찬송가에서 하나님, 예수님을 찬양하는 찬송가와 유사하다고 할 수 있으며 북한에서 김일성, 김정일 뺏지를 달고 다니는 것도 기독교 신도들이 자신이 다니는 교회뺏지를 달고 다닌다던가 자기가 속한 기독교단체의 뺏지를 달고 다니는 것과 유사하다고 할 수 있습니다.

다. 해방 후 초기 북한정부와 기독교간의 관계

원래 평양이 동양의 예루살렘이라 할 만큼 한국보다 교회부흥이 더 활발했습니다. 해방당시 북한에는 70여만 성도가 있었고 3천여 교회가 있었던 것으로 알려지고 있습니다.

그런데 북한당국은 1945년 8.15 해방 후 기독교를 탄압해 왔습니다.

1946년 3월 5일부터 실시된 토지개혁 조치 때문에 종교단체가 소유한 토지 1만 5천 1백 95정보를 무상으로 몰수하였으며 그 후 단행된 주요산업 국유화 정책을 통해서는 종교인 또는 종교단체가 운영하던 재산 일체를 몰수하여 종교인들에 대한 탄압을 본격화 하였습니다.

뿐만 아니라 모든 기독교단체나 교회의 헌금을 금지함으로서 기독교단체의 관리재원 마저 차단시켜 버렸습니다.

북한의 종교정책이 갖는 기본 원칙은 종교의 존립기반 그 자체를 청산하는데 있었으므로 원칙적으로는 종교인들의 제거와 종교단체의 활동금지가 북한정권의 진정한 의도였다고 할 수 있습니다.

그러나 북한정권 수립초기 각계각층과 연계를 갖고 있는 종교인 세력을 탄압하는 데는 많은 한계가 있었습니다.

그래서 북한정권은 1945년 해방이후 1950년 6월 한국전쟁당시까지는 종교를 탄압하면서도 어느 정도의 활동이 음성적으로 나마 보장되는 제한정책을 구사했습니다.

1950년 6.25 전쟁이 발발하면서 북한은 "미제와 국군들이 종교 재산을 없애버렸다."고 왜곡선전하면서 종교를 탄압하기 시작했습니다.

이때부터 북한은 종교의식이 발각되기만 하면 모조리 종교인들을 체포하였고 수시로 종교인들의 가택을 수색하여 종교관계 서적이 발견되면 이를 불온서적으로 취급하여 연행하는 등 직접적인 종교 탄압조치를 감행하였습니다. 그리고 당시 기독교관계 건물들은 구조를 변경하여 탁아소, 유치원, 병원, 사무실, 극장, 창고, 정미소 등으로 사용하였습니다.

사실 공산주의자들은 "有神論은 완전히 잘못된 것이고 無神論이나 唯物論만이 옳은 것"이라고 주장해 왔습니다. 공산주의자들은 이처럼 무신론을 주장하면서도 또 하나의 신을 만들어 낸 것입니다.

그래서 공산주의 지도자는 하나의 神이 되게 되었는데 이것은 "인간은 신이다", "인간학은 신학이다"라고 했던 포이엘바하의 유물변증법 철학에 근거한 것입니다.

북한도 이러한 논리에 근거해서 「김일성 그이는 한울님」이라고 하는 책까지 펴냈습니다. 그리고 주체사상을 지도이념으로 수령론, 영생론을 내놓기도 했습니다.

또한 종교를 "민중의 아편"으로 규정하면서 종교를 탄압해 왔습니다.

원래 마르크스. 레닌은 "종교는 인민의 신음소리이며 민중의 아편"이라고 했고 모든 종교와 종교단체는 언제나 부르조아 계급의 착취를 옹호하고 프롤레타리아 계급을 마비시키는 부르조아 반동의 기관이다"라고 했습니다.

북한의 「철학사전」에도 종교의 개념을 "사람들을 지배하는 자연 및 사회의 힘이 사람들의 머리속에 적극 조장되고 공고화 되었다"고 종교의 해독성을 설명하고 있습니다.

필자는 80년대 말부터 최근까지 일 년에 두세 차례씩 북한기독교대표와의 회담을 가진 바 있는데 그 회담석상에서 이러한 북한의 왜곡된 종교관을 비판했더니 북한종교지도자는 "이제 마르크스, 레닌은 가짜공산주의자가 되었다. 종교가 아편이라는 것은 마르크스, 레닌이 만든 것이다. 그래서 우리는 그들을 좋아하지 않는다. 이북에는 지금 진짜 공산주의자들이 김일성주석의 방침에 따라 주체사상을 신봉하고 있다"고 대답하는 것이었습니다.

이것은 소련과 동구라파의 자유화 이후 달라진 북한 종교지도자의 정치행태(Political Behavior)라고 할 수 있습니다.

라. 현재 주체사상으로 유지되는 북한체제가 기독교에 대한 인식과 대응

북한당국의 기독교에 인식과 대응은 한마디로 북한의 세습독재 권력체제 유지를 위해 기독교의 진리를 이용하고 있음을 알 수 있습니다.

북한당국은 해방 후 6.25 남침 시까지는 기독교에 대한 제한정척과 함께 탄압정책을 펴 오다가 1953년 7월 휴전이 성립된 이후부터 1960년대 말 까지는 종교를 완전히 없애려는 말살정책을 구사했습니다.

1955년 4월에는 "계급교양을 더욱 강화할 데 대하여"는 슬로우건 하에 종교인들을 공산주의 계급교양 명목으로 말살하였습니다. 이때부터 지하 기독교활동이 시작된 것입니다.

1959년 북한은 "우리는 왜 종교를 반대해야 하는가?"라는 「반종교지침서」를 내놓고 기독교를 말살하였습니다.

이 反宗敎 활동지침서에는 "악질 종교인들이 종교의 간판 밑에서 반혁명적인 행위를 조작하여 종교적 사상을 우리들 속에 부식시키려 기도하므로 우리는 이것과 철저히 투쟁해야 한다"고 기독교 말살 이유를 밝히고 있습니다.

특히 1958년부터 1960년 초까지 진행된 「중앙당 집중지도사업」에서는 종교인과 그 가족을 "반혁명 계층"으로 분류하여 특수지역에서 거주토록 제한하고 특별감시 대상으로 규정하여 탄압하였습니다.

또한 1967년부터 1970년 9월 사이에 있었던 「주민재등록사업」을 통해서는 북한주민을 핵심, 동요, 적대계층 등 3대 계층과 51개 세부계층으로 분류하였으며 종교인들을 별개의 분류 번호까지 부여하여 최하위의 적대계층으로 전락시켜 탄압하였습니다.

그러다가 1970년대 국제적 긴장완화가 이루어지고 특히 1972년 남북대화가 이루어지면서 북한은 종교에 대한 정치적 역이용정책을 구사하기 시작했습니다.

1970년대에 들어서면서 북한은 조선기독교도연맹, 조선불교도연맹, 천도교 중앙위원회등의 활동을 재개했고 1988년 6월 30일에는 천주교인협의회를 결성한 것을 비롯, 종교인협의회까지 만들어 각국의 종교단체들과의 교류활동을 벌이고 있습니다.

그리고 봉수교회, 칠골교회, 5백 20여 가정교회를 두고, 기독교의식을 거행하고 있습니다.

최근 평양의 내나라비데오 제작소에서 제작한 「신앙의 자유를 누리는 사람들」이란 영화에서는 마치 북한에 종교의 자유가 활짝 피어난 것으로 선전하고 있습니다.

이 영화 서두에 북한사회주의헌법에 규정된 「공민은 신앙의 자유를 가진다」라고 하는 내용을 소개하면서 북한은 1987년부터 종교활동을 자유롭게 보장하고 있다고 소개하고 있습니다.

그러면서 북한은 「낙원의 세계, 번영하는 조국과 함께 신앙의 자유가 활짝 피어나고 있다」고 선전하고 있습니다.

그리고 불교, 천도교, 기독교, 천주교 순으로 종교활동을 소개하고 있습니다. 불교는 전국에 수백여 승려와 1만여 신도들이 있다고 선전하면서 금강산 표훈사 등에서 조국통일법회 진행모습을 보여 주었습니다.

천도교는 천도교 창도일을 계기로 신도들이 모여 輔國安民의 정신을 되새기며 천도교 의식을 거행하고 있습니다.

저는 한국교회 대표로 10여 차례 남북기독자회의에 참석하여 북한 기독자들과 함께 회담을 가진 바 있었는데 북한의 대표들은 북한전역에 1만 여명의 교인이 있고 520여 곳의 가정교회가 있다고 설명했습니다. 그리고 「이북에는 종교사업이 어렵다」고 하면서 지원해 달라고 요청했습니다.

그런데 2000년 12월 12일부터 15일까지 사이에 일본 후쿠오카 회의에서 만난 북한의 조선그리스도교연맹위원장 강영섭 목사는 북한에 기독교인이 12,343명이라고 그의 강연을 통해 밝힌 바 있다. 몇 년 전 제가 평양에 가서 봉수교회 예배에 참석했을 때도 똑 같은 말을 하고 있었습니다. 저는 직접 평양에 가서 남북교회교류활동을 통해 그리고 각종문헌을 통한 종교활동을 분석하면서 북한의 종교는 정치에 융합된 종교의 정치화 현상이 심화되고 있음을 느낄 수 있었습니다.

북한의 각 종교단체들의 활동은 정치와 연계된 활동이 중심이었고 정책결정과정에서의 投入(Input)기능 수행에 있어서도 요구기능보다 노동당정책에 대한 지지기능수행이 거의 전부를 차지하고 있음을 볼 수 있습니다.

더욱이 북한의 각 종교단체들은 노동당의 통일전선부(6과) 지시하에 통일에 관한 각종의 대남전략전술을 수행하고 있습니다.

저자는 2005년 8월 30일부터 9월 3일까지 평양을 방문하는 동안 북한의 봉수교회, 칠골교회, 가정교회를 방문하고 북한 동포들과 함께 예배를 드린 바 있습니다.

8월 31일에는 칠골교회로 가서 북한 동포들과 함께 집회를 가졌습니다. 저와 자주 만났던 칠골교회 황시천 담임목사가 반가이 맞이했습니다. "그리스도의 사랑으로 환영 한다"는 황시천 목사의 짤막한 환영인사가 있었습니다.

칠골교회 여성도들의 특송으로 찬송 487장(죄짐맡은 우리구주)과 함께 중창, 합창 등 여러 곡을 불러 함께 은혜를 나누는 시간을 가졌다. 함께 방문한 목사님, 장로님들도 특별찬송을 했고 헤어지기 전 손에 손을 잡고 통일의 노래 부르며 아쉬운 작별의 시간을 가졌습니다.

우리는 그리도 안에서만이 하나 될 수 있음을 절감 했습니다. 더욱이 칠골교회 성도들은 소망교회에 와서 3.1절 기념예배를 함께 드렸기 때문에 낯설지 않았습니다.

이 칠골교회는 김일성 어머니 강반석권사가 다니던 하리교회가 있는 터였기 때문에 김일성의 특별지시로 건립한 북한체제수립 후 두 번째 교회입니다. 칠골교회에서 나와 우리 일행은 북한정권이 1988년에 건립한 봉수교회로 갔습니다.

봉수교회에 들어서니 조선그리스도교연맹 위원장 강영섭 목사와 봉수교회 담임 손효순 목사가 반가이 맞이했습니다.   3.1절 때 소망교회에 왔던 이성숙전도사와 제가 해외 남북기독교 회담 시 자주 만났던 김혜숙 통역관도 우리를 반가이 맞이했습니다.

조그런 중앙위원회 사무실과 제가 소속된 장로교통합교단 총회가 세운 평양신학교, 온실 등을 돌아본 후 교회 안으로 들어와 함께 기도와 찬양을 하는 시간을 가졌습니다.

손효순 목사의 "남녘의 그리스도인들을 만나게 되어 반갑습니다" 라고 하는 환영인사가 있은 후 "예수 앞에 나오면, 주께 두 손 모아 비나니, 주 예수 날 지키니 내 마음 평안해" 등 북녘신도들의 찬양이 있었습니다.

봉수교회는 2008년 7월 16일 평양시 만경대구역 건국동 소재 한국교회 지원으로 확장된 신축 교회당 헌당예배가 있었습니다.

우리일행은 봉수교회에서 나와 평양 대동강 이남 낙랑구역 (11,12 인민반) 아파트 3층에 있는 가정교회를 방문했습니다. 성도 10여명이 있었는데 책임자인 조문옥 집사(위생업무)는 다음과 같은 설명을 했다. 즉 "예배는 매주일 오전 10시에 드리며 성도들은 12 명이고 1992년 김일성 수령 생일 80돌 계기로 세워졌는데 지금까지 성도가 늘지 않는다"고 솔직하게 고백했습니다.

우리일행은 가정교회 여자 성도의 아코디온(손풍금이라 함)반주에 맞추어 찬송 278장(북한찬송 390장) "사랑하는 주님 앞에 형제 자매 한자리에"를 불렀습니다.

기독교인들은 그리스도 안에 남북이 평화통일을 이룩할 수 있도록 기도해야 할 것입니다. 그러나 아무리 남북통일이 우리민족의 지상과제라 하더라도 무력통일이나 공산화 통일은 안된다는 확고한 의식이 있어야겠습니다.

왜냐하면 전쟁에 의한 무력통일이나 공산화통일은 우리민족 모두가 자멸하는 길이기 때문입니다.

저자는 북한이 핵 실험을 단행했던 2006년 이후 평양과 북한의 여러 지역을 방문했을 때는 "핵보유국이 됐다"고 과장 선전하는 북한체제의 모습을 볼 수 있었고 "세계적인 핵보유국을 일깨워 주신 령장 김정일 장군 만세"라고 선전하는 문구들을 통해 김정일 찬양에도 열을 올리고 있음을 알 수 있었습니다.

북한당국은 아직도 세습독재 권력체제 유지에 혈안이 되어 지도자를 우상화하고 있고 신권정치체제화(神權正治體制化)하여 거대한 우상신권체제로 변모 시켜놓고 있습니다.

파킨슨은 神權政治체제의 모델을 교조, 신화, 성서, 사제직 설치, 탄압으로 묘사하고 있습니다.

북한공산정권도 김일성, 김정일, 김정은을 교조로 신격화하고 있고 "김일성 그이는 한울님"이란 책까지 나와 있습니다. 그리고 "김정일은 우리의 하늘이요 운명이요 인류의 구세주"라고 신격화하고 있습니다. 2010년에 들어와서는 김정은 우상화에 열을 올리고 있습니다.

김정은은 포병전략가, 포의 달인 운운하며 "세살 때부터 총을 잡은 명사수 였다"고 하면서 2010년 10월 10일 노동당 창당 65주년을 맞이해서는 "불세출의 영도자를 맞이한 우리미족의 행운"이란 제목의 방송정론을 통해 주민들에게 우상화 놀음을 하고 있는 것을 볼 수 있습니다.

그리고 "핵보유국이 된 것도 김정은의 덕분"이라고 하면서 "김정은은 정치, 경제 등 모든 분야에 능할 뿐 아니라 영어, 독일어, 프랑스어, 이탈리아어 등 4개 국어에 능통하다"라고 과장선전 하고 있습니다.

2013년 1월 김정은은 수령의 한 부분처럼 되어버린 신년사에서 김정일 지침과 같은 수준에서 절대화했고 할아버지 김일성과 연계하여 3대 세습권력의 신권정치체제 유지를 위해 노력한 흔적을 읽을 수 있습니다. 다만 총대, 사상, 과학기술을 3대 기둥으로 한 "강성대국" 건설을 "사회주의 강성국가"로 표현한 것이 특징이다.

북한당국은 이처럼 지도자를 신격화, 우상화하면서 신화를 주조해 놓고 있고 주체사상을 성서라고 까지 하며 북한주민들을 김일성, 김정일, 김정은 주의자의 품성으로만 살아가게 하고 있습니다.

또한 노동당간부들을 사제로 하여 김일성, 김정일, 김정은 3대 세습 독재체제 유지를 위한 들러리 역을 시키고 있습니다.

최근 남북관계와 통일선교전략

- 2013.5.18. 저자의 한국장로신문 논단게재, 종교계 강연자료

가. 남북관계 변화

1998년 금강산 관광이 시작되어 제가 금강산 관광객 대상으로 강의를 다니면서 북한사람들 진술을 들어 보니까 금강산에 사과족, 토마토족이 있는데 사과족은 속은 하얀 데 겉은 빨간 것처럼 겉은 공산주의자인 것 같으면서 속은 관광객들의 잘사는 모습 보며 자본주의 물이 들어가고 있다고 했습니다.

토마토족은 겉과 속이 다 빨간 공산주의자인데 이들도 한국 관광객들 보면서 변화가능성이 있다고. 그래서 금강산관광을 오래해서는 안된다는 말이 유행하고 있었다고 했습니다. 결국 금강산관광도 폐쇄하고 말았습니다.

개성공단도 마찬가지로 더 이상 가다가는 경제적 이득 보다 북한 공산체제에 대한 와해를 더 우려했기 때문에 폐쇄했다고 볼 수 있습니다.

북한당국은 이처럼 경제적 실리도 중요하지만 더 중요시 하는 것은 정치, 사상이기 때문에 정치, 사상이 흔들리고 북한정권이 와해되는 것은 절대로 바라지 않는 것이 북한권력자들의 행태인 것입니다.

그래서 북한 당국은 주민들이야 굶어 죽던, 병들어 죽던 아랑곳 않고 그들의 정권을 철통같이 보호하는 데만 최우선을 두고 있습

니다.

그래서 북한당국은 공산독재정권 유지 위해 주민들은 기아와 굶주림에 허덕여도 핵, 미사일 실험으로 강성국가의 이미지를 대내외적으로 부각시켜 주민들을 강제적으로 이끌고 가고 있고 대외적으로는 자신들의 잘못으로 악화된 남북한정세를 미국과 한국에 그 책임을 전가하는 적반하장의 행태를 드러내고 있습니다.

나. 한,미정상회담과 남북관계

북한당국은 특히 2013년 5월 10일 한,미정상회담 결과와 "한미동맹 60주년 기념 공동선언"에 대해서 "전쟁전주곡, 동족대결 행각" 등 원색적 표현으로 왜곡 선전하며 비난하고 있습니다.

특히 박근혜 대통령이 미국순방 중 밝힌 대북 관련 발언에 대해 "공화국(북 지칭)을 걸고드는 망발을 췌쳤다"고 악랄하게 비난을 했습니다.

또한 조국평화통일위원회는 "남조선 당국자의 이번 미국 행각 결과는 조선반도와 지역정세를 긴장시키고 전쟁위험을 증대시키는 위험천만한 전쟁전주곡"이라고 모략선전하면서 박 대통령의 방미 성과를 왜곡선전하고 있습니다.

그리고 북한당국은 한,미관계를 주종관계로 규정하면서 "상전과 주구가 놀아댄 꼬락서니는 참으로 역겹기 그지없다"고 맹비난을 하고 있습니다.

또한 박 대통령이 반기문 유엔 사무총장과 만남에서 "북한의 핵을 용납할 수 없고, 북한이 저렇게 도발하고 위협하는 것에 대해서는 보상은 앞으로 있을 수 없으며 도발을 하면 대가를 치르게 하겠다"고 엄포를 놓으면서 한반도 신뢰프로세스를 설명한 것에 대해

"이명박 정부의 '비핵 · 개방 3000'을 포장해서 바꾸어 다시 내건 대결정책"이라고 주장했습니다.

한반도신뢰프로세스는 이명박 정부가 견지한 '비핵 · 개방 3000'(핵 포기 시 1인당 국민소득 3000달러 제고를 위한 경제개발 지원을 한다는 약속)은 MB정부 임기동안 두 번의 핵실험, 천안함 폭침 및 연평도 포격 사건, 장거리 미사일 발사 등 연이은 도발 속에 유명무실해졌고 한반도 긴장이 고조됐다고 판단. 박근혜 정부는 다소 차별화된 대북 정책을 통해 인도적 지원을 허용하는 한편 신뢰를 회복하자는 쪽으로 이동하는 것을 의미합니다.

박 대통령이 제시한 '한반도 신뢰프로세스'는 ▲ 남북한 간, 북한과 국제사회 간 합의한 기존의 약속 존중 ▲ 정치적 상황에 구애받지 않는 지속적인 인도적 · 호혜적 교류사업 ▲ 남북간 경제협력 다양화 및 북한 인프라 구축 사업 확대 등 3가지 축으로 구성됐습니다.

한반도 신뢰프로세스는 그동안 이뤄진 남북 간 합의와 국제사회 약속을 먼저 지켜 신뢰를 쌓아 이를 바탕으로 협력을 확대해 나가자는 것을 의미합니다. 기존 약속을 지키지 않으면서 새로운 약속을 만드는 것은 의미가 없기 때문에 과거 합의를 서로 지키려는 노력에서부터 신뢰를 쌓아야 한다는 것입니다.

또한 박대통령은 남북 간 협력을 동북아 지역으로 확대해야 한다는 원칙도 제안했습니다. "핵뿐만 아니라 기후변화, 재난 등에 대해서도 동북아 국가 간 협력을 강화해 나갈 경우 북한도 국제사회에서 책임 있는 역할을 할 수 있을 것"이라고 언급했습니다.

그런데 북한권력집단은 한반도 신뢰프로세스를 대결정책 운운하며 박근혜정부의 대북정책을 비난하고 있습니다.

그러면서 북한당국은 줄곧 미군 철수를 주장하고 있는데 2013년 5월 2일자 북한의 중앙통신을 통해서는 "남조선 각계층 인민들은 온갖 불행과 고통의 화근인 미군을 하루 빨리 몰아내야 한다"고 주장하며 주한미군 철수를 강하게 선동 한 바도 있습니다.

이 주한미군 철수는 북한정권이 민족자주 운운하면서 계속 주장해온 일관된 전략이라 할 수 있습니다.

북한의 주체사상에서는 사상에서의 주체, 정치에서의 자주, 경제에서의 자립, 국방에서의 자위를 주장하면서도 중국과 러시아에 의존하는 정치, 외교행각을 벌이고 있고 더욱이 미국과 이면 접촉을 통해서는 정치, 경제, 외교적 실리를 챙기려는 술책을 펴고 있습니다.

북한은 2012년 12월 장거리로켓 발사 후 매월 진행된 당,정,군 고위급교류를 중단했었는데 다시 재개하기로 합의했지만 중국은 시종일관 6자회담 재개통해 한반도안정을 추구하는 장기적인 동북아 안정을 추구하는 입장입니다.

2013년 5월 4일 최용해는 시진핑(習近平) 중국 국가주석을 면담했는데 "북한은 6자회담 등 다양한 형식의 대화와 협상을 통해 (한반도)관련문제를 해결하고 한반도 평화와 안정을 적극적으로 지킬 것"이라고 말했습니다. 최 특사는 이어 "북한은 진정으로 경제발전과 민생 개선을 원하고 있으며 평화로운 외부 환경조성을 필요로 하고 있다"고 덧붙였다. 최 특사의 이 같은 발언은 사실상 김정은 제1위원장의 뜻으로 볼 수 있습니다.

시진핑 주석도 "한반도 비핵화를 위한 중국의 입장은 분명하며 어떤 상황에서도 비핵화목표를 달성해 한반도 평화와 안정을 달성할 것"이라고 강조했습니다.

북한정권당국이 이와 같은 대미, 대중외교를 펼치면서 겉과 속이 다른 전략을 펴는 가운데 남북관계를 극도로 긴장시키고 악화시켜 놓고도 박 대통령을 모략비방하면서 그 책임을 한국과 미국에 전가하는 것은 북한당국의 핵, 미사일 도발과 개성공단 북한근로자의 일방철수 이후 출구전략을 마련하지 못한데서 비롯된 한반도의 긴장과 갈등의 책임을 회피하려는 의도가 깔려 있다고 하겠습니다.

또한 돈독해진 한,미 동맹 관계를 깨고 한.미 이간을 선동함과 함께 한국국민들에게는 반정부 및 반미심리를 자극하는 고도의 심리전적 전략이 숨어있음을 알 수 있습니다.

그리고 대내적으로는 북한정권의 강성국가 이미지를 부각시켜 주민들을 김정은 중심으로 결속시키고 어려운 경제난과 식량난으로 인한 북한주민 불만을 해소하려는 주민 상징 조작적 정치술책에서 비롯된 것이라 할 수 있습니다.

다. 통일선교 전략

우리 크리스천들은 신앙의 불모지인 북녘 땅에 하나님 나라가 확장되도록 하는데 궁극적 목표를 두고 통일선교전략을 구사해 가야 합니다.

북한공산집단의 반민족적 죄악은 미워하되 북한권력의 통치 지배를 받고 있는 북한주민들은 구원해야할 대상임을 믿고 그들에게 예수 그리스도의 사랑을, 복음을 전하므로 남북이 그리스도 안에서 하나되고 평화통일을 이루도록 열심히 기도하고 노력하는 것이 현재의 남북한 간 긴장과 갈들을 해결하고 평화통일을 이루는 최선의 길이라 생각합니다.

그러기 위해서는 먼저 우리 크리스천들이 그리스도 안에서 하나

되고 지역갈등과 정파갈등, 계층 간의 갈등과 빈부갈등을 해소하고 사랑과 평화로 하나 되는 통일문화를 이루어가도록 뜨거운 기도와 함께 헌신적이 노력이 있어야 하겠습니다.

에베소서 1장 10절 "하늘에 있는 것이나 땅에 있는 것이 다 그리스도 안에서 통일되게 하려 하심이라는 말씀대로 그리스도 안에서 하나 될 때만이 진정한 통일이 이루어 질 수 있음을 알고 통일선교전략에 임해야 하겠습니다.

그래서 하나님 나라가 북녘 땅에 확장되고 한반도에 하나님이 주신 참된 평화가 정착되어 우리 한 민족이 서로 신뢰하며 사랑하는 평화로운 통일조국을 건설하여 세계 속에 복음의 빛을 발하도록 노력해 가야하겠다.

하나님께서 세계 유일한 분단국인 우리민족 통일에 대한 비젼과 열정을 갖게 하셔서 통일선교 사역 수행하게 된 것을 우리 하나님께 감사드립니다.

신앙의 불모지인 저 북녘 땅에 하나님 나라를 확립하겠다는 확고한 목표 하에 민족복음화를 위한 하나님께서 주신 소명으로 생각하고 통일선교사역을 위해 열심히 기도하며 노력하겠습니다.

신약성경 마태복음(6:33) "너희는 먼저 그의 나라와 그의 의를 구하라 그리하면 이 모든 것을 너희에게 더 하시리라" 는 말씀대로 오직 북한 땅에 하나님 나라를 확장하겠다는 목표로 북한문화를 고려하면서 확고한 복음을 전하겠다는 신념으로 기도하며 노력해야 하겠습니다.

8.15광복과 남북관계

- 2011.8. 15 한국장로신문 게재

8.15 광복절은 우리 민족에게 있어서는 생각만 해도 벅찬 감격의 날이 아닐 수 없다. 일제 36년간 언어를 빼앗기고 문화를 잃고 인간이 누려야할 기본적인 자유, 인권마저 유린당한 채 강압적인 식민통치하에서 신음하며 살았던 우리민족이기 때문이다.

8.15 광복이야말로 전능하신 하나님의 주권 속에서 이루어진 은혜요 축복의 대 역사임을 믿고 하나님께 감사드린다. 그런데 하나님의 역사 속에 맞은 광복의 기쁨이 가시기도 전에 우리의 국토는 허리가 두 동강이 났고 민족의 마음들은 갈기갈기 찢어지고 말았다.

해방이 되자마자 3.8이북은 소련군이, 3.8이남은 미군이 진주하여 각각 군정을 실시했고 결국 한반도는 민주, 공산 양대 진영의 각축장이 되고 말았다. 1948년 8월 15일 남한에는 대한민국 정권이 수립되고 9월 9일에는 북한에 공산정권이 들어섰다. 1950년 6월 25일에는 북한공산군의 불법남침으로 국토는 초토화됐고 민족의 수많은 생명을 앗아가 버렸다.

이제 8.15광복 66주년을 맞으면서 광복이후 지금까지 하나님의 역사와 섭리 속에 우리민족이 있었음을 깨닫고 하나님께 감사하며 우리스스로 하나님 앞에 거룩한 그릇이 되어 제2의 광복인 민족의 평화통일을 이루어 가야 하겠다.

지금 남북관계는 인간의 분석적 시각으로 볼 때 한치 앞도 내다 볼 수 없는 암울한 상황에 놓여 있다. 주변 4대강국은 서로 자국의 유익을 위해 패권 다툼을 하고 있고 이 틈바구니에서 남북한관계는 화해와 통일 보다 긴장과 갈등만이 점차 증폭되어 가고 있다.

특히 북한정권은 대내적으로 강성대국 운운하며 김일성, 김정일, 김정은으로 이어지는 3대 세습, 신권독재체제를 유지하면서 북녘 동포들의 삶의 질 향상에는 아랑곳하지 않고 있다.

최근 북한당국은 김일성 탄생 100주년을 맞는 2012년 강성대국 진입 비전하에 "선군사상과 혁명적인 정신을 바탕으로 한 새로운 혁명적 대 고조"를 강조하면서 강성대국 건설을 위한 경제발전에 매진할 것을 계속 독려하고 있다. 북한은 2007년 이후 2011년까지 매년 1월 신년공동사설을 발표하면서 "강성대국의 여명이 밝아온 승리의 해, 격동의 해"로 과시하면서 선군 정치를 바탕으로 한 강성대국 체제를 강화하고 있음을 알 수 있다.

대외적으로는 중국, 러시아를 등에 업고 미국과는 등거리외교 노선으로 자신들의 실리를 챙기려 하고 있다. 2011년 7월 29일에는 북한 외무성 제1부상인 김계관이 스티븐 보즈워스 미 국무부 대북 정책 특별대표와 미국에서 만나 1년 7개월 만에 한반도비핵화, 6자회담 재개, 북,미관계 정상화 등 현안 문제를 논의하고 있으나 의견차이가 좁혀지지 않는 것으로 알려지고 있다.

남북관계에 있어서 북한은 한국 측에 남북화해의 파탄 책임을 전가하면서 그동안 천안함 폭침사건을 비롯한 연평도 포격 등 각종 도발을 자행하기까지 했다. 더욱이 지난 7월 29일에는 금강산지구의 한국 측 부동산을 처분하겠다고 최후통첩을 하기도 했다.

북한당국은 더 이상 한반도 공산화통일이라는 허황된 목표를 버리고 심리전적인 대남통일전선전술을 중단해야한다. 그리고 평화통일을 위한 남북대화의 광장으로 나와야 할 것이다.

8.15 광복 66주년을 맞으면서 우리 크리스찬들은 한반도를 둘러싼 국내외 주변정세의 변화와 남북관계의 추이를 정확히 진단하고 예측하면서 하나님 나라를 북한 땅에 건설한다는 확고한 목표와 비전을 갖고 민족의 평화와 통일을 위해 열심히 기도하며 최선의 노력을 다 해가야 할 줄로 안다.

남북관계의 새로운 지평

- 2011. 5. 저자의 한국장로신문 게재 내용

북한은 김일성, 김정일, 김정은으로 이어지는 3대 세습 독재체제 공고화를 위해 대내 주민상징조작은 물론 핵 보유사실을 과시한 바 있다.

그러나 이러한 김정은 후계구도도 최근 여의치 않는 것으로 드러나고 있다. 김정은이 2010년 당 군사위원회 부위원장에는 임명됐지만 2011년 4월 최고인민회의에서는 예상을 뒤엎고 국방위원회 제1부위원장에 선출되지 않는 것을 보면 김정은 세습문제 보다 더 시급한 경제난 해결을 위해 속도조절을 하고 있는 것으로 볼 수 있다. 김정일이 5월 20일부터 1주일 여간 중국을 방문한 것도 김정은의 세습 문제 협조 요청도 하며 경제난 해결에도 도움을 얻기 위한 것으로 알 수 있다.

북한 대내적으로는 김정은 후계 세습을 위해 김정은에 대한 우상화는 계속되고 있고 북한의 대내외 대남전략 전술도 김정은의 세습에 초점을 맞추고 있는 것은 사실이다. 그리고 북한의 정책목표인 강성대국 건설을 위한 역량강화에도 모든 힘을 집중하고 있다.

필자가 평양을 방문할 때마다 평양시내 뼈대만 앙상하게 남은 105층 류경호텔을 볼 수 있었다. 한번은 자동차를 타고 평양시내를 돌면서 북한 고위관료(남북장관급회담에 참여했던 자)에게 "왜 이 호텔을 완성하지 못하느냐?"고 물었더니 "강성대국이 완성되면 완성될 겁니다"라고 했다. "지금 총대와 사상은 완성되었는데 아직 과학기술이 완성되지 못해 경제가 어려워서 이 호텔도 완공되지 못하고 있다"고 부연 설명을 했다.

필자가 평양 방문 시 묵었던 고려호텔 서점에서 김재오가 쓴 "김정일의 강성대국 전략"이란 책을 사서 보니 "강성대국의 3대 기둥을 총대, 사상, 과학기술"로 표현하고 있음을 볼 수 있었다.

북한의 핵, 미사일 등 군사력과 주체사상에 의한 사상무장은 잘 되어 있지만 과학기술이 발전하지 못해 경제난에 직면하고 있는 것을 엿볼 수 있었다. 필자가 평양을 방문했을 때 북한의 조선 컴퓨터 센타를 돌아보고 북한의 과학기술 수준이 얼마나 열악한지 실감할 수 있었다.

과학기술의 본산지라 할 수 있는 컴퓨터 센타에서까지 김일성, 김정일의 우상화를 위한 만경정보센타, 밀영정보센타의 이름을 사용하고 있는 것을 보고 안타까운 마음이 들었다.

북한의 류경호텔도 김일성 우상화 위해 김일성의 80회 생일인 1992년 완공예정으로 기획되었으나 현재의 상태대로 간다면 김일성 100회 생일인 2012년까지도 완공이 어려울 것으로 보인다.

그래서 최근 북한 당국은 류경호텔 완공을 위해 중국과 중동, 유럽 등 외국의 투자기업을 찾고 있다. 남북 관계가 개선되면 한국 기업의 참여도 가능할 것으로 보인다.

그런데 북한은 과학기술이 발전하지 못해 경제가 발전하지 못한다고 하면서 2011년 4월 한국의 농협 해킹사건 북한관련설이 나오면서 남북관계의 혼란과 어려움을 가중시키고 있다.

특히 함흥컴퓨터기술대학과 함흥공산대학 등에서 양성한 정보전사들을 대남, 해외총괄임무를 관장하는 정찰총국121국에 보내 사이버전력, 해커역량강화에 힘을 쏟고 있음이 드러나고 있다.

북한의 과학기술이 경제발전을 위해 기여하기보다 핵무기 개발이나 사이버해킹 등 국제사회에 범죄적 요인으로 작용해서는 안 될 것이다. 지금도 북한은 계속해서 남북관계 긴장과 갈등을 조장하면서도 적반하장 격으로 남북관계 갈등의 책임을 한국 측에 돌리려는 역선전을 자행하고 있다.

특히 대남분야에서는 남북관계 악화 책임을 한국 측에 전가하면서, 대북정책 전환을 촉구하는 한편, 남남갈등 조장을 위한 흑색선전활동을 계속하고 있다. 남북관계 개선, 협력사업 장려 등을 언급, 대화추진 의지를 표명하고는 있으나 과연 진정한 남북관계 개선의지를 가지고 남북대화와 교류협력에 임할지는 앞으로 지켜 볼 일이다.

북한당국은 더 이상 한반도 공산화 목표달성이라는 허무맹랑한 전략과 대내외, 대남 심리전략, 전술을 버리고 핵을 무기로 남북관계의 긴장상태를 조성하는 행위를 즉각 중단해야한다. 그리고 천안함 폭침이나 연평도 폭격 등 무력도발의 책임을 통감하고 사죄해야 한다. 그래서 한반도의 진정한 평화를 위해 남북대화의 광장으로 나와 통일 환경발전에 기여하도록 해야 할 것이다.

2011년 5월 21일, 22일 양일간 도꾜에서 열린 한, 중, 일정상회의에서는 "한반도비핵화가 동북아시아의 평화와 안정에 크게 기여할 것" 이란 견해를 공유하고 남북대화의 필요성도 강조한 바 있다. 이러한 정치, 외교적 남북관계 개선도 중요변수가 되지만 우리 크리스찬들이 먼저 통일환경 발전을 위해 기도해야 한다. 특히 한국교회는 북한의 소위 강성대국 목표를 위한 통일전선전술로 야기된 남북관계의 경색 국면을 보면서 하나님이 원하시는 통일문화를 창출하여 한반도의 평화와 통일을 이루도록 열심히 기도하고 최선의 노력을 다하는데 힘을 모아야 하겠다.

"전쟁도 평화도 하나님 손에 있음"을(역대하 20:15)믿고 기도하며 창조적 변동역군으로서 남북관계의 새로운 지평을 열어가야 하겠다. 우리가 평화와 통일을 담을 그릇이 됐을 때 하나님께서도 전쟁을 막아 주실 것이고 한반도의 평화통일은 물론 북한복음화의 길도 열어 주실 것을 확신한다.

북한선교는 하나님께서 한국교회 맡겨주신 사명

- 2012.6.16. 저자의 한국장로신문 시론게재 내용임

6월은 호국보훈의 달이다. 그리고 6월은 우리 교단이 북한선교 주일로 지키는 달이다.

6월이 오면 국가와 민족을 위해 고귀한 목숨까지 바친 애국선열들을 생각하지 않을 수 없다. 애국선열들이 있기에 현재 우리들은 자유민주주의체제하에서 평화를 누리며 살아가고 있음을 알아야 한다. 6.25 동족상잔의 전쟁과 그 참혹한 폐허 속에서도 세계 선진국 대열에 진입함으로서 이제 대한민국은 명실공히 글로벌화 시대 국제 리더로서 우뚝 서게 되었다.

우리 국민들은 자유와 평화, 복지를 누리며 살아가고 있음은 세계가 인정한 자명한 사실이 되었다. 더욱이 하나님의 역사와 섭리 속에 신앙의 자유를 누리며 살아갈 수 있다는 것은 큰 축복이 아닐 수 없다.

이제 우리 국민들은 굳건한 안보태세 강화로 자유민주주의 체제를 굳건하게 사수해 나가야 한다. 더욱이 한국교회와 우리 크리스천들은 진리의 말씀으로 굳게 무장하여 하나님께서 주신 자유와 평화, 행복을 끝까지 지켜 나가야 한다.

이것이 호국보훈의 달에 그리고 북한선교주일을 맞는 6월에 우리 국민과 크리스천들이 하나님 뜻과 호국영령들의 애국애족정신을 저버리지 않는 것이다.

북한당국은 2012년 4월 13일 평양 만수대의사당에서 최고인민회의 제12기 제5차 회의를 열고 북한헌법을 수정 보충하여 서문에 "핵보유국"으로 명시하였으며 김일성과 김정일, 김정은 3대세습 체제를 법제화 했다. 즉 종전 김일성을 영원한 주석으로 규정한데 이어 이번 헌법 개정에서는 김정일을 영원한 국방위원장으로 법제화하였고 김정은을 국방위원회 제1위원장으로 추대했다.

이처럼 북한당국은 3대 세습 군국주의 군주국가를 법제화 해놓고 김일성, 김정일, 김정은을 신격화하는 우상화 작업에 박차를 가하고 있다. 특히 최근 북한은 2012년 4월 14일 평양 만수대 언덕에 김정은과 당, 군, 정 간부들이 참석한 가운데 김일성, 김정일 동상 제막식을 가졌고 각종 언론 매체를 통해 3대세습 합리화위한 각종 우상화 작업을 벌이고 있다.

북한 권력집단은 기아선상에 허덕이는 북한주민들의 삶의 질 개선에는 아랑곳 하지 않고 오직 3대 세습 군주독재, 거대한 우상신권체제 유지만을 위해 안간힘을 쏟고 있는 것이 북한의 현실이다.

더욱이 북한당국은 강성대국 건설 운운하며 핵과 미사일을 무기로 하여 대남도발위협을 강화하고 있다. 이러한 북한의 정치, 군사적 특성을 바로 이해하면서 북한선교와 평화통일을 위해 노력을 아끼지 말아야 할 것이다.

우리 한국교회는 북한의 소위 강성대국 목표를 위한 통일전선전술로 야기된 남북관계의 경색 국면을 보면서 하나님이 원하시는 통일문화를 창출하여 한반도의 평화와 통일을 이루도록 열심히 기도하고 최선의 노력을 다하는데 힘을 모아야 하겠다.

"전쟁도 평화도 하나님 손에 있음"을(역대하 20:15)믿고 기도하며 창조적 변동역군으로서 남북관계의 새로운 지평을 열어가야 하겠다. 우리가 평화와 통일을 담을 그릇이 됐을 때 하나님께서도 전쟁을 막아 주실 것이고 한반도의 평화통일은 물론 북한선교의 길도 열어 주실 것을 확신한다.

이러한 북한의 현실을 보며 한국 국민들은 물론 한국교회와 우리 크리스천들은 북한 동포들의 자유와 복지, 평화를 위해 기도하고 계속적인 노력을 기울여 가야 할 것이다. 특히 우리 크리스천들은 북한에 하나님나라가 세워 지도록 북한선교를 위해 기도하며 사랑의 복음을 북한 땅에 전하도록 힘을 모아야 한다.

북한선교는 하나님께서 우리 크리스천들에게 맡겨주신 지상과제요 하나님이 주신 소명이라 생각한다. 하나님의 소명 따라 북한선교를 위해 열심히 기도하고 노력할 때 하나님께서는 북한선교의 결실을 맺게 할 것이요 우리민족의 평화적 통일도 주시리라 확신한다.

지금 한반도는 세계 유일한 분단국으로 남아 있다. 왜 하필이면 우리만이 분단의 아픔을 안고 살아가야 하는지 안타까운 일이 아닐 수 없다. 세계 어떤 민족보다도 혈연적 유대가 강한 우리 민족만이 분단과 갈등의 수렁에서 헤메이고 있다는 것은 우리 스스로가 참회하며 생각해 보아야 할 일이다. 먼저 우리 크리스천들이 분단의 책임을 통감하며 하나님 앞에 참회의 기도를 드리고 북한선교와 평화통일을 위해 뜨겁게 기도하며 노력해가야 할 때라 생각한다. 6월 호국보훈의 달, 북한선교주일에 즈음하여 한국교회가 북한선교와 민족의 평화적인 통일을 위해 더 열심히 기도하고 힘을 모아가야 할 줄로 안다.

하나님나라와 북한선교

－극동방송 "나의 삶, 나의 신앙" 저자의 간증(2009. 11)
－국민일보 역경의 열매 보도, 구하는 자의 은혜, 소암의 여정책자
소망교회, 동작중앙장로교회 등 교계 간증(2013. 5. 24/2013. 2. 3)

마태복음 6 : 33

"그런즉 너희는 먼저 그의 나라와 그의 의를 구하라 그리하면 이 모든 것을 너희에게 더 하시리라"

가. 어린 시절

제가 태어날 당시에는 보릿고개가 심했는데 제가 태어난 해는 풍년이 들어 복동이로 태어났다고 동네 큰 잔치 벌였다고 합니다.(그래서 고향에서 처음 福植이라 불렀고 호적에는 完信으로 신고됨, 宗信으로 처음 호적신고, 면 서기가 가운데 획을 떼어내고 호적부 기록, 完信으로됨, 고교시절 대학입학 위해 서류 준비하면서 발견, 신앙적 이름이라 그대로 사용. "마5:48 하늘에 계신 너희 아버지의 온전하심과 같이 너희도 온전하라")

당시 우리집은 전통적 유교문화 가정이었고, 할아버지가 서당선생을 지내 초등학교 입학 전에 천자문도 외우고 명심보감도 떼었습니다.

한문 실력이 늘어서 중국어도 배우게 되었고 대학에서 제2외국어로 선택. 석,박사과정에서 제2외국어로 선택 공부. 그래서 중국선교에 기여하게 된 것 하나님께 감사드립니다.

나. 학창시절

일제시대 비행기 소리가 나면 동네에서 싸이렌 소리가 울리고 동네 산비탈 토굴로 숨어서 피했던 기억이 생생합니다.

2차 세계대전의 전쟁도 두려운 줄 모르고 장난치며 놀았던 생각이 납니다.

아버지, 어머니, 조부모님들은 힘들게 농사지어도 식량이 모자라 배고픔을 견디며 살아야 했습니다.

6.25를 겪은 초등학교, 중학교 시절에는 인민군들이 총칼을 들고 우리 동네에 진입, 친척들 총칼에 맞아 죽어가는 모습도 목격했습니다. 피난민들이 내려와 마을 집집마다 재우고 함께 식사를 하며 지냈던 생각이 납니다.

우리집에서도 여러 피난민들을 재우면서 숙식을 제공했던 것을 기억합니다.

초등학교 졸업 후 동창들이 도시 중학교에 진학하여 중학생복 입고 나타나자 부러운 마음 간절하여 중학교 가겠다는 결심으로 서울에서 대학을 나온 외삼촌이 어장을 했는데 어장에서 일하며 중학교 진학 준비를 했습니다. 하루는 서해바다 조기 잡으러 갔다가 산더미 같은 풍랑을 만나 죽을 뻔한 적도 있었습니다.

결국 어장이 안 되어 중학교도 못가고 교사를 했던 숙부의 도움으로 인천에 와서 큰아버지 댁에서 일하며 야간중학교에 다닐 수 있었습니다. 중학교 들어가서 기쁨과 감격으로 낮에는 넝마 뜯어, 미싱으로 벙어리장갑 만들어 공장에 자전거로 배달하며 열심히 공부해서 우등으로 졸업했는데 이것은 전적으로 하나님의 은혜라 생각합니다.

그 뒤 고등학교에 입학해서 교회에서 가정교사 생활을 하며 학비를 조달했습니다.

그런데 뜻밖에도 부친 사망소식이 들려왔습니다. "父死亡速來"라는 전보를 받고 슬픔에 잠겨 있는 제 모습을 보고 교회 다니는 제자들이 "선생님, 교회 나오면 마음이 편안해져요" 하면서 교회 나오도록 독려하여 교회 출석하게 되었습니다.

국민일보 역경의 열매 기사에서 "육신의 아버지는 잃었지만 영의 아버지를 얻었다"고 기술했더니 많은 분들이 전화로 격려하기도 했습니다.

사법고시의 꿈을 갖고 대학 법률학과에 진학하자 4.19학생의거가 일어났습니다. 당시 을지로, 종로를 돌며 데모대에 합세하여 죽을 뻔한 적도 있었습니다.

그 후 군대 영장이 나와 공군에 입영, 야간대학이라도 복학하려 했으나 5.16으로 학교를 나갈 수 없게 되었습니다.

그래서 대전공군기지교회에서 열심히 교사로, 성가대로 봉사했습니다.

당시 이영렬 군목님과 현재 광림교회 원로목사님이신 김선도 목사님의 신앙지도로 신앙이 점점 성장하게된 것 감사드립니다.

공군 제대 후 국가보훈처 공무원으로 재직하면서 대학에 복학하여 대학을 졸업하고 사법고시 공부를 6~7년간 했습니다.

그러나 사법고시는 합격하지 못하고 당시 3급 을류 국가 공무원 시험에 합격하여 사무관으로 국가공무원을 다시 시작하게 되었습니다.

사무관으로 시작, 서기관 재임 시까지 북한문제 연구실장으로 재직한 바 있었는데 이것은 북한선교사역을 위한 하나님께서 나에게 주신 사명이라 생각하고 감사한 마음으로 열심히 북한학을 공부했습니다.

그리고 국가 고급공무원으로서의 국가와 국민을 위한 책임을 성실히 수행했습니다. 대학원에서 북한행정을 전공했는데, 그 후 북한선교와 통일에 관심을 갖게 되었습니다.

사법고시 합격 못한 데에 대한 안타까운 마음으로 애태워 하던중 서울대 행정대학원 야간부 응시 자격기준에 당시 사무관급 공무원 이상으로 광고가 돼서 응시하여 합격한 바 있습니다.

공직에서 북한의 기밀자료를 볼 수 있기 때문에 북한행정으로 행정학 석사학위 취득했습니다. 당시는 북한을 "북괴" 라고 표현하는 시기였기 때문에 교수들에게 설득하여 북한선교와도 관련이 있는 "북한의 대남심리전략"에 관한 연구로 석사학위를 취득했습니다.

심리전략을 연구하면 북한사람들의 심리를 철저히 연구하여 효율적인 북한선교 사역을 수행하는데 필요하리라 생각하고 이 분야로 북한행정에 관한 최초의 석사학위를 받게 된 것입니다.

그 후 단국대 대학원에서 북한학 박사학위 과정을 마치고 "북한의 관료체제에 관한 연구"로 행정학박사학위를 취득했습니다. 당시 소망교회 초등부부장 으로 섬길 때 소망교회 곽선희 담임목사님께서 초등부 교사 전체 앞에서 학위패와 목사님 저서를 선물로 주시며 기도해 주시고 축하해 주셨습니다.

당시 김일성 사망설이 있어서 6개월 박사학위가 지연되기도 했지만 지금 생각하면 북한에 관한 더 좋은 논문을 쓰라는 하나님의 섭리로 생각하고 더 열심히 북한에 대한 외국논문들을 보완하여 다음 학기에 제출했더니 우수한 논문으로 인정받아 북한행정 분야로 박사학위를 받게 되었습니다.

그래서 당시 KBS, MBC, SBS 통일, 북한분야 방송과 각 일간신문에 통일과 북한선교에 관한 글을 게재하기도 했습니다.

북한선교를 위해서는 기독교방송, 극동방송에도 자주 출연하여 북한선교와 평화통일에 관한 중요성을 강조하게 되었습니다.

석사, 박사 과정 지도교수였던 서울대학교 행정대학원 교수님들과 단국대학교 대학원 행정학과 교수님들의 학술적인 도움을 많이 받았습니다. 특히 제가 장로로 시무하고 있는 소망교회 목사님들, 교단 총회, 한국기독교총연합회, 한국기독교교회협의회, 한국복음주의협의회, 한민족세계선교원, 선교신학원, 세계사이버대학교 북한선교 관련 목사님, 장로님, 성도님들, 교직원들의 도움도 많이 받았습니다.

그리고 공직에서 함께했던 동료들의 도움도 많이 받았고 특히 북한학을 공부할 수 있도록 배려한 사랑하는 아내의 기도와 도움이 많았습니다.

다. 신앙고백

고교시절 아버지 별세 후 가정교사 생활을 했던 제자들의 권유로 교회에 나가게 됐습니다.

내가 먼저 고등학교 때에 신앙생활을 시작했고 결혼 전 아내가 고등학교 시절부터 학생회장을 지낸 독실한 신앙인 이였기 때문에 결혼하여 함께 기도하며 신앙생활을 했고 어머니를 전도하였고 형제들을 전도했으며 친척들과 모든 고향 친지들이 교회에 나오게 되어 감사드립니다. 그러던 중 뜻하지 않게 고향에 교회를 짓게 되는 기쁨도 누릴 수 있었습니다. 당시 명지대 총장이었던 서서울 기독실업인회 유상근 회장을 만나 회장이 주재하는 회의에 나가 낙도선교회 회장 백영숙 권사를 만났습니다. 백영숙 회장님은 낙도에서 가져온 김을 팔아 달라고 나에게 부탁하여 아내 홍경순권사와 함께 김을 차에 싣고 다니며 팔아줬더니 낙도에 교회를 지으라고 건축헌금 일부를 지원해 주셨습니다.

그래서 그 후 교회 공동체와 우리가정에서 헌금도 더 하고 모금도 더하여 고향마을 입구에 교회를 짓게 되었습니다.

특히 아내 홍경순권사가 회장으로 섬기고 있는 소망교회 사랑회의 도움을 많이 받았고 소망교회 국내선교부 지원도 받게 된 것을 감사드립니다.

원래 고향 우리 밭 터에 교회를 세웠는데 샤머니즘 문화가 워낙 강해 당 앞 산 성황당 줄기에 교회를 세워 농사도 안 되고 사람도 잘 죽는다고 하여 교회를 헐라고 하는 원성도 나왔습니다.

그래서 동네 입구 평지에 교회를 세웠는데 우리가 기도하고 노력하여 교회를 세웠다는 것을 나타내지 않기 위해서 비밀로 하도록 했으나 당시 목사님이 교회 간판 뒤에 박완신 장로의 기도와 헌금, 노력으로 교회를 세우게 되었다고 써 놓아서 동네에서 알게 되어 이 자리에서도 송구스런 말씀을 드립니다.

그러나 우리 고향 마을에 교회가 세워진 것은 분명 하나님의 역사와 섭리 속에 있음을 믿고 하나님께 감사드립니다.

그 후 이런 사실이 알려져 고향교회에서 저를 초청해서 1주일간 부흥간증집회를 연바 있습니다. 당시 돼지 한 마리 잡고 홍어를 곁들여 온 동네잔치를 벌인 바 있습니다.

저녁 집회 말씀을 전하면서 동네 전도를 할 수 있었고, 아내 홍경순 권사는 찬양하고 큰딸 박정란 양(아빠 뒤를 이어 북한학 박사 학위를 이화여대에서 받아 국내 여성 북한학박사 1호가되어 서울대

통일평화연구소 연구위원으로 재직하다가 북유럽 한국학 교수로 있음)은 반주하고 나는 저녁집회 말씀을, 김영미 목사님(한빛선교교회 담임)은 새벽기도 말씀을 전하며 집회를 일주일간 하나님 은혜 가운데 마쳤습니다.

이 일로 인해 고향의 복음화는 물론 도시에 나와 있는 친인척들까지 거의 복음화 되어 교회에 나오게 된 것을 하나님께 감사드립니다.

2010년 7월 7일부터 9일 사이에는 소망교회 국내선교부에서 장창진 목사님, 장춘 부장장로님을 포함 43명의 권사님, 집사님들이 고향교회를 찾아 이미용 봉사, 영정사진 촬영, 자녀교육 봉사 등 수고에 다시 한 번 감사를 드립니다.

저는 하나님을 영접하고 내가 만나는 사람마다 복음을 전하는 일에 게을리 하지 않았습니다. 결과는 하나님께 맡기고 복음전파를 했더니 많은 선교효과가 나난 것을 실감할 수 있었습니다. 이것은 전적으로 하나님의 은혜입니다.

아무쪼록 이러한 농어촌교회 건축과 봉사가 고향은 물론 고향을 떠난 분들도 예수 그리스도를 영접하고 영원한 생명을 누리시길 기원합니다.

앞으로 고향의 복음화는 물론, 농어촌 선교와 한민족복음화에 크게 기여하게 되기를 간절히 기도드립니다.

신앙생활에 관한 주변의 시각은 신앙생활을 하다 보니까 하나님의 통치권 아래 있게 되었지만 세상과 마귀에 대해서는 선전포고와 같은 입장에 있게 되었습니다.

많은 사람들이 비웃기도 했고 어울리지 못하니까 비난받기도 했습니다. 그래서 예수를 믿으면 어려움도 많지만 결과는 형통한 일이 많음을 실감했습니다. 예수를 믿으면 어려움도 있음을 기억하고 기도하고 노력해야 할 것임을 깨닫고 있습니다.

전도서 7장 14절 "형통한 날에는 기뻐하고 곤고한 날에는 생각하라"고 한 말씀대로 형통한 날에는 하나님께 찬양하며 기뻐하고 곤고한 날에는 곤고의 원인이 무엇인지 기도하며 믿음 안에서 잘 극복해 나가는 지혜가 필요할 것입니다.

라. 결혼 이후 가족의 신앙생활 인도

저는 항상 기도하며 말씀으로 가족의 신앙생활을 인도하려고 많은 노력을 기울였습니다. 그리고 항상 기뻐하고 절대적 감사로 사는 삶을 생활 속에서 보여주려고 애를 썼습니다.

우리 집 가훈도 데살로니가전서 5장 16~18절 말씀으로 정했습니다.

"항상 기뻐하라 쉬지 말고 기도하라 범사에 감사하라 이는 그리스도 예수 안에서 너희를 향하신 하나님의 뜻이니라"

이 가훈대로 살기 위해 기도하며 노력하고 있고 자녀들도 이 말씀대로 살도록 기도하며 지도하고 있습니다.

특히 신앙이 돈독한 아내 홍경순 권사를 만나서 우리 온 가족이 믿음이 더욱 굳게 정착되었고 친척들도 믿게 되었고 고향에 교회를 세워 고향사람들까지도 전도하게 되었음을 하나님께 감사드립니다.

특히 아내 홍경순 권사는 아침마다 자녀들을 기도로 찬양으로 말씀으로 양육시키는데 기도하며 최선의 노력을 다했습니다.

그 결과 자녀들이 신앙적으로 바르게 잘 자란 모습을 보고 하나님께 감사드리며 아내의 수고에도 감사하는 마음 금할 길 없습니다.

마. 주요 경력

15년간 공직에서 연구실장을 하면서 당시 2급 비밀 취급인가증을 갖고 있었기 때문에 북한의 문헌을 볼 수 있어 북한연구에 기여할 수 있었습니다. 이것도 하나님께서 저에게 북한선교사역을 감당하도록 하신 하나님 청사진 속에서 이루진 것을 믿고 감사드립니다.

하나님께만 전적으로 위탁하며 순수한 예수그리스도의 사랑으로 북한선교사역을 한다는 것을 알게 되었을 때 뒤에는 모두 이해하게 되었습니다.

통일부 통일정책 자문위원을 역임하면서 북한 학자로써 북한에 관한 정확한 진단과 함께 우리 통일정책의 발전에 기여하게 되었습니다. 당시 남북체육단일팀 출정식에 "코리아"라고 하는 단일팀으로 추천토록 강력하게 건의하였습니다.

헌법기관인 민주평통자문회의 상임위원으로 봉직하면서 전국 각지 여러 기관은 물론 미국, 캐나다, 유럽, 일본, 중국, 러시아 등 북한과 통일에 관한 지도자 교육은 물론 경영전략, 리더쉽에 관한 강연을 실시하였습니다.

북한학 전공자라고 해서 정치권 입문 영입교섭까지 있었으나 목사님들 만류와 저의 결단으로 사양한 일도 있습니다.

바. 기독교계 통일선교활동

990년부터 20여 년간 한기총에서 통일선교대학을 세우고 초대학장을 역임하였습니다.

통일 선교란 무엇인지?

대한예수교장로회 통합 측 교단 남북한선교통일 위원에 위원장을 역임하면서 통일선교라는 명칭을 공식화 했고 북한선교과목을 각 신학대학에서 가르치도록 총회에 헌의하여 결의한바 있습니다. 그 후 여러 신학대학에서 북한 선교학 과목을 개설했습니다.

그리고 통일선교대학을 세워 많은 교계 지도자들을 교육하였습니다.

한기총 통일선교 정책연구원장을 역임하면서는 한기총에 통일선교대학을 만들어 초대학장을 지내면서 초교파적인 교계지도자들을 북한선교 사역자를 양성하였습니다.

통일선교사역은 에베소서 1장 10절 말씀대로 "하늘에 있는 것이나 땅에 있는 것이 다 그리스도 안에서 통일되게 하려하심이라"고 한 말씀따라 복음 안에서 통일을 이루고 북한선교를 하기 위해 통일선교라는 용어 사용했습니다.

사. 북한학 교수와 세계 사이버대 총장 부임

관동대학교 법정대학 북한학과 교수를 은퇴하고 한국원격대학협의회 이사와 세계 사이버대학교 총장을 역임하면서 온라인대학에 관심을 갖게 되었습니다.

관동대 법정대학 북한학과 교수를 지내보니 컴퓨터 교육의 필요성을 느껴 저의 집 근처 강남구 문화회관에서 하는 모든 컴퓨터 교육을 받게 되었습니다. 그러다 보니 인터넷에 관심을 갖게 되었고 정보화 시스템을 공부하게 됐습니다.

그리고 공직에 있을 때도 미국 국방성에서 실시하는 컴퓨터에 의한 자동 정보처리과정을 이수하면서부터 사이버체제에 관심을 갖게 되었습니다.

하나님께서 사이버대학의 총장으로 보내주셔서 한민족선교와 북한선교 사역을 위해 하나님께서 불러주신 것으로 알고 하나님께 감사드립니다. 하나님 뜻에 어긋나지 않도록 더 열심히 학교발전을 위해 기도하고 노력하고 있습니다.

그래서 복음을 전파하는 마음으로 저자가 아는 많은 사람들에게 세계 사이버대학 홍보물을 돌리고 강연을 할 때마다 하나님 중심의 우리 사이버대학을 알려 지금은 사회에 더 많이 우리 사이버 대학이 알려지게 된 것을 하나님께 감사드립니다.

21세기는 정보화 시대이기 때문에 사이버교육이 필수적입니다. 그래서 사이버대학 총장들로 조직된 한국원격대학협의회 이사로 선출되어 사이버 교육에 더욱 관심을 갖게 되었고 우리 대학발전에도 더욱 기여하게 되면서 앞으로 사이버교육에 큰 발전을 이루도록 기도하고 노력할 계획입니다.

세계 인터넷 1위 국가의 사이버대학답게 사이버대학 발전에 최선의 노력을 다해 왔습니다.

사이버대 총장을 역임하면서 국회공청회에도 참여 사이버교육의 중요성을 역설한 바 있고 청와대에서도 사이버교육의 중요성을 강조하여 한. 아세안사이버대학 설립 준비에 역학을 한 바 있습니다.

아. 하나님나라 확장 위한 북한선교 사역

저의 일생을 관통하는 단어 중 하나가 바로 통일인데, 통일, 통일선교란 의미를 저 나름대로 정립해보면 하나님께서 세계 유일한 분단국인 우리민족 통일에 대한 비전과 열정을 갖게 하셔서 통일선교 사역 수행하게 된 것을 우리 하나님께 감사드립니다.

신앙의 불모지인 저 북녘 땅에 하나님나라를 확립하겠다는 확고한 목표 하에 민족복음화를 위한 하나님께서 주신 소명으로 생각하고 통일선교사역을 위해 열심히 기도하며 노력하겠습니다.

마태복음6:33(신약성경 9쪽)

"그런즉 너희는 먼저 그의 나라와 그의 의를 구하라 그리하면 이 모든 것을 너희에게 더 하시리라"

본문 말씀대로 오직 북한 땅에 하나님 나라를 확장하겠다는 목표로 북한문화를 고려하면서 확고한 복음을 전하겠다는 신념으로 기도하며 노력해야 합니다.

자. 표창

대통령표창을 비롯해서 국방부 장관, 통일부 장관 등 표창을 수차례 받았고 자유중국정부에 반공대업 훈장을 받은바 있습니다. 이 표창들은 주로 통일 분야 교육과 연구 활동에 기여한 공로로 받게 되었습니다.

차. 문학세계

시인으로 수필가로 문단에 등단하여 활동 중,고교시절부터 일기를 쓰기 시작, 당시 영화만 봐도 시나리오를 전부 집에 와서 쓰기 시작했고, 그러다 보니 문장력이 생겼습니다.

그래서 수필도 쓰고 시도 쓰기 시작했습니다. 특히 대학과 대학원에서 법학, 행정학을 공부했기 때문에 사회과학과 문학과 조화를 이루는 것이 좋을 것 같아 문학공부도 소홀히 하지 않았습니다.

그래서 시인으로 또 수필가로 등단하게 되었습니다. 시집으로는 금강산에 메아리친 통일의 노래, 평양하늘을 울리는 사랑의 노래, 세계로 하나로 달리는 진리의 빛 등 평화 통일관련 시집을 냈고 구하는 자의 은혜, 소망의 여정 등 간증수기집, 수필집도 낸 바 있습니다.

지금도 계속 기도하며 시를 쓰고 있습니다.

카. 저서, 기타

통일관련, 행정관련, 문학관련 저서

북한선교 1권, 통일의 길목, 북한선교 2권 통일의 그날, 마음으로 여는 통일, 북한학 등 통일관련 서적이 20여 권되고 또 북한행정론, 교회행정론, 교회정치론 등 행정관련 서적이 3권이 있습니다.

문학관련 서적은 시집으로는 금강산에 메아리친 통일의 노래, 평양하늘을 울리는 사랑의 노래, 세계로 하나로 달리는 진리의 빛, 평화통일 생명의 길로 등 평화통일 관련한 시집을 냈고 구하는 자의 은혜, 소망의 여정 등 간증수기집, 수필집도 낸 바 있습니다.

타. 가훈과 가족 신앙생활 인도

장로님이 살아오며 만난 하나님은 어떤 분(기자 질문)

하나님을 믿지 않고 사는 것도 기적이라고 생각합니다. 하나님을 믿고 사는 것 그 자체가 큰 축복이고 행복임을 실감하며 살아가고 있습니다.

가훈은

"항상 기뻐하라 쉬지 말고 기도하라 범사에 감사하라 이는 그리스도 예수 안에서 너희를 향하신 하나님의 뜻이니라"(데살로니카전서 5장 16~18절)

이 가훈대로 살기 위해 기도하며 노력하고 있고 자녀들도 이 말씀대로 살도록 기도하며 지도하고 있습니다.

자녀들을 교육하는데 있어 원칙은 가훈대로 역성을 최우선으로 했습니다. 자녀 중에 통일문제에 관심 있는 자녀가 있는데 큰딸 박정란은 이화여대에서 북한학 박사1호로서 국내 여성 북한학 박사 1호가 됐습니다. 당시 각 언론에 많이 보도된 바 있습니다.

서울대 통일연구소에 상임연구원으로 근무하면서 통일에 관한 강의를 하다가 현재는 북유럽에 한국학 교수로 재직하고 있습니다.

크리스천이라면 꼭 갖춰야 할 것이 있다면

우리는 하나님의 청사진 속에 주의 날개아래 있음을 믿고 하나님만 전적으로 위탁하며 진리의 말씀으로 무장하고 기도하며 오직 감사와 기쁨으로 살아야 한다고 생각합니다.

일생 주님의 노예가 되는 것 큰 축복이라고 생각합니다.

내 이름 자체가 박완신(朴完信)은 하나님이 너무 잘 지어 주신 것 같습니다.

마태복음 5장 48절에 "하늘에 계신 너희아버지 온전하심과 같이 너희도 온전하라"고 하신 말씀대로 하나님이 위에서 내려다보고 계심을 믿고 항상 온전한 삶을 살도록 기도하고 노력하고 있습니다.(이름 설명 시 중복)

앞으로의 비전과 기도제목을 나눠주시죠.

시편 81편 10절에 "내입을 넓게 열라 내가 채우리라"고 한 말씀대로 하나님을 향한 큰 비전과 큰 꿈을 가지고 살아왔습니다.

특히 한민족을 향한 선교와 세계인류평화를 위한 비전을 갖고 살아왔습니다.

가족에게 한 말씀.

북한선교와 통일사역을 하면서 가족에게 만족스럽게 못해준 것을 항상 미안하고 안타깝게 생각합니다. 그러나 아내가 특히 나를 이해하고 북한선교사역을 위해 기도하고 도와주어서 지금의 내가 있음을 믿고 고마워하고 있습니다. 아내가 서울시 공무원을 하면서 적극적으로 내 사역을 도왔습니다. 자녀들을 잘 돌보지 못했어도 하나님이 잘 길러주셔서 지금 크게 하나님의 사역을 감당하고 있음을 하나님께 감사드립니다.

뒤돌아보면서 가장 감사할 일

항상 영적으로 저의 삶에 소망을 안겨주신 소망교회 곽선희 원로목사님, 김지철 담임목사님, 여러 장로님들, 모든 성도님들 그리고 나를 위해 곁에서 뜨거운 사랑으로 기도해 준 아내와 자녀들, 나를 위해 기도해 준 모든 분들께 감사드립니다.

후회나 아쉬웠던 점

하고 싶었는데 이루지 못한 일은 사법고시를 합격 못한 것이 아쉬웠지만 하나님이 북한선교와 민족의 평화통일을 위한 소명을 주시고 소망교회 장로로, 고급공무원으로 대학교수로 세계사이버대학 총장으로 세우셔서 한민족선교와 북한선교, 평화통일사역을 감당하게 하신 하나님께 감사드립니다.

목회자와 성도들에게 부탁하고 싶은 말씀.

서로 사랑하고 협력함으로 교회 화평을 이루도록 기도하고 노력하여 하나님 뜻을 이 땅에 이루도록 하는 것입니다.

최근 북한과의 관계, 그 새로운 지평

- 저자의 한국장로신문 2013년 8월 10일자 게재 내용임

8월이 오면 우리 민족이 일제 36년간의 강압통치하에서 해방된 8.15 광복절을 생각하지 않을 수 없다. 한 민족의 인권을 침탈당하고 언어와 문화를 빼앗기고 식량까지 공출당한 채 굶주림에 시달렸던 그 치욕스런 식민지 생활을 생각하면 가슴 아픈 일이 아닐 수 없다.

그러나 하나님께서는 우리 민족을 사랑하셔서 1945년 8월 15일 꿈에도 그리던 광복을 선물로 안겨 주셨다. 당시 일본 군국주의 식민통치에서 해방된다는 것은 상상도 할 수 없는 환경이었지만 하나님의 강권적인 역사로 한 민족은 광복의 기쁨을 맞이하게 된 것이다.

그러나 8.15 광복 의 환희가 채 가시기도 전에 남북분단과 6.25 남침이라는 뼈아픈 비극을 맞게 되었다. 이제 8.15 광복 68주년을 맞아 아직도 세계 유일한 분단국으로 남아있는 남북한을 보면서 하루 빨리 남북관계가 개선되어 제2의 광복인 평화통일의 그날이 속히 왔으면 하는 마음이다. 그래서 저 북녘 땅에도 복음이 자유롭게 전파되어 하나님 나라가 확장되고 예수그리스도 안에서 우리 한 민족이 하나 되기를 기원하는 마음 간절하다.

그런데 아직도 남북관계는 정상화의 실마리가 풀리지 않고 있다. 최근 남북관계는 극도로 악화되고 있어 일촉즉발의 전쟁이라도 터

질 것 같은 위기상황을 맞기도 했다. 2013년 2월 북한당국은 3차 핵실험을 감행한 뒤 유엔이 대북제재에 나서자 전쟁위협을 하면서 한반도를 위기로 몰아넣기까지 했다. 이러한 북한의 핵, 미사일 도발과 함께 2013년 4월 3일에는 개성공단의 폐쇄라는 카드를 들고 나와 남북한 간의 정치, 경제, 사회, 문화, 군사적 긴장과 갈등을 극도로 심화시켰다.

북한당국은 개성공단 폐쇄이유에 대해 "개성공단이 향후 북한 체제의 위협요소가 될 경우 공단을 폐쇄하라"는 "김정일의 유훈"에 따라 폐쇄 수순을 밟았다는 북한 노동당 간부의 증언이 나오기도 했다.

김정일은 생전에도 개성공단 근로자와 가족들의 한국 사회에 대한 동경 등 의식변화에 우려감을 보여 왔고, "기회가 되면 언제든지 폐쇄하라"는 유훈에 따라 김정은이 개성공단 잠정 중단 조치에 나선 것이라고 여러 소식통들이 전해왔다.

그러나 최근 한국정부는 남북회담 등을 통해 개성공단 정상화를 위한 많은 노력을 기울이고 있다. 통일부는 "정부의 개성공단 발전적 정상화에 대한 의지는 확고하며 통일부는 남북문제의 주무부처로서 상황에 대해 정확한 인식을 하고 있다"고 밝힌 바 있다.

통일부 장관은 최근 "북측의 회담 태도에서 재발방지에 대한 확신을 얻을 수 없었던 점"이 개성공단 정상화가 늦어지는 요인이라고 밝힌 바 있다.

북한당국은 개성공단 정상화로 인해 경제적 실리를 얻는 것도 중요하지만 더 중요시 하는 것은 정치, 사상이기 때문에 정치, 사상이 흔들리고 북한정권이 와해되는 것은 절대로 바라지 않는 것이 북한권력자들의 행태라 할 수 있다. 그래서 북한 당국은 주민들이야 굶어 죽던, 병들어 죽던 아랑곳 않고 그들의 정권을 철통같이 보호하는 데만 최우선을 두고 있어서 개성공단 정상화에 고민하고 있다고 하겠다.

북한당국은 모든 정치, 사상적 속셈을 버리고 민족의 평화통일을 위하여 하루 속히 남북관계 정상화의 길로 나와 주기를 바라는 마음 간절하다.

한국에서는 이러한 북한정권의 특성을 잘 분석하고 판단해서 거기에 맞는 북한과의 관계개선을 위한 새로운 지평을 열어가야 하겠다.

현재 한국 정부에서는 한반도 신뢰프로세스를 통해 남북관계의 새로운 지평을 열기 위한 정책을 내 놓고 있다. 박 대통령이 제시한 '한반도 신뢰프로세스'는 남북한 간, 북한과 국제사회 간 합의한 기존의 약속 존중, 정치적 상황에 구애받지 않는 지속적인 인도적·호혜적 교류사업, 남북 간 경제협력 다양화 및 북한 인프라 구축 사업 확대 등 3가지 축으로 구성됐다.

한국교회는 정부의 통일정책도 고려하면서 북한 땅에 하나님 나라를 확장해야한다는 확고한 목표 하에 북한정권당국자들과 북한주민들의 심리, 행태, 문화, 의식구조 등을 정확히 분석하여 거기에 맞는 창조적인 통일선교전략을 강구해야 하겠다.

북한정권과 주민들을 분리하여 북한정권당국자의 종교를 탄압 말살하고 6,25 남침전쟁을 일으켜 공산독재 권력을 유지해온 죄는 정죄 받아야 마땅하겠지만 북한공산독재치하에서 신음하는 북한동포들은 사랑해야 할 대상임을 알고 남북관계 새로운 지평을 열어 갈 수 있도록 더욱 기도하고 노력을 해야 하겠다.

평화속의 갈등

– 국방일보 명칼럼집, "우리들의 젊음, 그 꿈을 위하여" 1994.4.5

오늘날의 사회현상을 평화속의 갈등으로 특징지을 수 있다. 겉으로는 평화가 있는 것 같지만 내적으로는 갈등과 분열이 심화되고 있는 것이 오늘날의 현실이기 때문이다.

이러한 현상은 우리 인간자신의 심적 갈등은 물론 개인과 개인 간, 집단과 집단 간, 국가와 국가 간에도 마찬가지로 나타나고 있기 때문이다.

그래서 최근에는 그 어느 때 보다도 평화, 화해, 화합 등의 용어가 홍수처럼 쏟아져 나오고 있다.

평화유지, 평화공존, 평화정착, 남북화해, 민족화합 등이 그것이다. 그런데 과연 이 평화와 화해의 말 뒤에는 그 진실이 얼마나 들어 있는가를 조금은 생각해 보아야 할 것이다.

고대 로마에서는 평화를 "팍스" 라는 개념으로 사용했다. 이것은 힘에 의한 평화였다. 그러므로 겉으로는 평화로운 것 같았지만 약한자 들에게는 오히려 불안과 심적 갈등을 더욱 심화시켰다.

헬라적 평화의 개념은 인본주의적 진리를 통한 기쁨이었다. 인본주의적 진리 안에서의 기쁨도 결코 인간을 평화롭게 할 수는 없었다.

히브리적 평화의 개념은 "샬롬" 이었다. 이것은 적극적 창조적 사랑의 관계에서의 평화를 의미한다.

사실 진정한 사랑의 관계가 바탕이 되지 않으면 이 세상에서 어떠한 평화도 존재하기 어렵다. 우선 나 자신의 평화를 생각해 보더라도 나를 사랑하는 마음이 없으면 내마음속 깊은 곳에 평화가 자리 잡을 수 없다. 그러므로 내 마음의 평화를 이룰 때만이 나도 평화롭고 남도 평화롭게 할 수 있다.

이처럼 나 자신과의 평화를 이루고 이웃과의 평화, 이 사회에서의 평화, 국가와 국가 간의 평화를 이루어 가도록 평화의 창조자가 되어야 하겠다.

성경(마태복음 5:9)에는 "화평케 하는 자는 복이 있나니"라고 기록되어 있다. 이것은 평화를 이루는 자는 곧 복을 창출해 나가는 힘이 있음을 의미한다.

그런데 평화를 위한 원동력은 사랑에 있음을 알아야 한다. 사랑은 자기희생이 따라야 한다. 아가페적인 절대적 사랑이 필요하다. 이웃을 내 몸 같이 사랑하는 마음이 있을 때 평화는 이루어지는 것이다.

원수까지도 사랑할 때 진정한 평화가 이루어 질 수 있다. 그러므로 우리 인간은 사랑으로 평화를 만들어 가는 적극적인 평화의 창조자가 되어야 하겠다.

그리고 이 평화와 사랑을 이웃과 사회, 국가와 세계인류에 심어 가야 하겠다.

현대사회는 평화의 개념도 복합적이 되었다. 이제 전쟁으로부터 탈피하는 것만이 평화가 아니다. 사회가 다원화 되어 인간욕구도 다양화되었고 인간의 내적 갈등 또한 다양화되었으므로 현대사회의 이러한 복합적 갈등을 해결하는 도구는 복합적인 사랑과 평화의 실천 속에서만 가능해 진다.

그러므로 현대를 사는 우리 인간들은 다원화사회에 필요한 복합적인 평화와 사랑의 창조자들이 되어야 하겠다.

남북관계의 이정표

- 2014년 8.15광복 69주년을 맞아 한국장로신문 논설 게재 내용임

8.15 광복 69주년을 맞이하면서 아직도 세계 유일한 분단국으로 남아있는 남북관계의 현실을 보면 가슴이 찢어지는 아픔을 느끼지 않을 수 없다. 왜 하필이면 우리 남북한만이 이렇게 허리가 두 동강난 채 살아가야 하는지? 우리 동포들만이 서로가 흩어져 이산의 아픔을 안고 살아가야만 하는지 생각하면 비통함을 금할 길 없다.

세계에서 가장 혈연적 유대가 강한 우리 한 민족이 왜 이처럼 분단의 쓰라린 고통 속에 살아야 하는지?

우리민족 모두는 분단의 책임을 통감하며 참회하는 마음으로 분렬, 분파의 행태를 극복해 가야만 한다. 그래서 분단민족의 아픔과 갈등을 치유하고 평화통일의 길을 열어가도록 함께 힘을 모아야 할 것이다.

그러기 위해서는 남북한 간의 불신을 해소하고 남남갈등을 극복하도록 먼저 우리국민들이 앞장서야 할 줄로 안다.

지금 국내에 산재해 있는 지역 간, 계층 간, 정파 간 갈등을 해소하는데 최우선을 두고 국민모두가 국가와 민족의 화합을 위한 일에 최선의 노력을 기울여야 한다. 그래서 먼저 한국에서부터 화해와 통일의 문화를 창출하여 남북의 평화와 민족의 통일을 이루고 하나님나라가 저 북녘 땅에도 확장되도록 하는 것이 남북관계의 중요한 이정표가 되어야 할 것이다.

지금 남북한 간의 갈등은 아직도 첨예화 되어 있고 북한에서는 민족분단의 책임을 한국과 미국에 전가하며 한국과 미국에 대한 비방에 지금도 열을 올리고 있다.

2014년 7월 21일자 북한의 중앙통신을 통해서는 국방위원회 정책국 대변인 담화를 인용하여 "미국과 남조선 당국이 도발과 그 무슨 위협설을 내 돌리며 우리(북)에 대한 고립과 봉쇄에 악을 쓰면 쓸수록 그를 일격에 풍지박산 내기 위해 이미 세워진 완벽한 전략에 따라 상상할 수 없는 여러 가지 과감한 실천행동이 과시될 것"이라고 한국과 미국을 비난하면서 무력과시 엄포 등 심리전략을 강화하고 있다. 한,미 합동훈련의 "방어훈련" 주장은 "그 침략적 성격을 가리우기위한 너울"이라고 왜곡비방하면서 "미국이 우리(북)를 군사적으로 압살할 야망을 드러낼수록 우리 (북)역시 더욱 강력한 조치들로 대응해 나갈 것"이라고 하면서 침략적 야망을 노골적으로 드러내고 있다.

또한 UFG(을지프리덤가디언) 연습은 "한반도 긴장완화와 평화를 파괴하고 북침 핵전쟁의 불집을 터뜨리기 위한 핵 선제공격연습"이라고 비난하면서 "불신과 대결을 격화시키는 침략전쟁 연습"이라고 모략선전을 하고 있다.

그리고 2014년 7월 15일 대통령 직속 기구로 출범한 통일준비위원회를 "체제통일 망상의 발로, 남북관계 개선과 자주통일 열망을 우롱·모독하는 정치협잡행위"라고 비난하고 있다.

그러면서도 북한당국은 인천 아시안 게임 앞두고 남북관계 개선을 강조하고 있다.

즉 북한 당국이 2014년 7월 28일 평양방송을 통해서는 인천아시안게임에 "선수단과 응원단 참가 문제를 인내성 있게 대할 것"

이라며 "남 당국은 남북관계 개선의 절호의 기회를 놓치지 말아야 하며 우리(북)의 진정 어린 참가의사에 대해 의심하지 말고 적대관념으로 대하지 말아야 한다"고 거듭 주장하면서 화전양면전술을 펴고 있다.

더욱이 북한당국은 2014년 7월 27일을 기해서는 조선중앙통신을 통 "정전협정 체결 61주년 즈음 미국이 제2의 조선전쟁을 도발하는 경우 침략군이 발붙이고 있는 모든 곳을 타격할 것이며, 침략의 아성을 잿가루로 날려 보낼 것"이라고 "美 본토공격"을 호언하며 공포전술을 자행하고 있다.

그러면서 미국이 "역사의 교훈을 잊고 침략전쟁에 불을 지른다면 무자비하게 징벌할 것"이라고 강조하면서 "미국과 남한이 6·25전쟁 패전을 〈승전일〉로 둔갑시키고 있다"며 이는 "정치사기극·정치만화"라고 계속 주장하고 있다. 또한 "미국이 또 다시 전쟁의 불 구름을 몰아온다면 무자비한 보복타격으로 미국 본토는 물론 그 추종세력의 아성까지 불바다로 만들 것"이라며 정전협정을 평화협정으로 전환해야한다고 정치전략을 계속 펴고 있다.

북한의 이러한 정치군사전략, 심리전략 전술을 보면서 우리 한국 국민 모두는 한반도의 평화적 통일을 위해 한마음으로 힘을 모아 노력해 가야 하겠다.

지금 정부에서는 북한에 대해 잇단 화해메시지를 보내고 있다. 2014년 8월11일 정부는 북한에 대해 판문점에서 고위급회담을 열자고 전격 제의하기도 했다. 또한 정부는 세계식량계획(WFP)과 세계보건기구(WHO)를 통해 북한모자보건사업에 1330만 달러를 지원하겠다고 밝히며 화해를 위한 유화메시지를 잇달아 보내고 있다. 남북관계가 개선되어 평화통일의 길이 활짝 열리기를 기대해 본다.

이러한 때 한국교회와 우리 크리스천들은 한반도의 평화통일을 위해 뜨거운 기도를 아끼지 말아야 할 것이다. 그리고 한 번도 복음을 들어보지 못한 북녘동포들을 복음화하기위해 열심히 기도하며 최선의 노력을 기울여 가야 하겠다.

북녘 땅에 하나님 나라가 확장되어 복음 안에서 평화통일을 이루어야 한다. 이 길만이 우리민족이 살길임을 우리 크리스천들은 명심해야한다. 그리스도 안에서 사랑으로 하나 될 때만이 진정한 통일, 생명력이 있는 통일, 소망과 평화, 행복이 넘치는 통일이 될 것이기 때문이다.

그리스도 안에서 진정한 민족의 평화통일을 이루기 위해 우리 한국교회는 먼저 민족분단의 책임을 통감하며 참회하는 회개운동이 일어나야 한다. 한국에 내재되 있는 지역 간, 계층 간 교파 간, 정파 간 갈들을 해소하는데 앞장서서 기도하며 노력함으로 평화통일 문화 창출을 위해 피나는 노력을 아끼지 말아야 하겠다.

"하늘에 있는 것이나 땅에 있는 것이 다 그리스도 안에서 통일되게 하려 하심이라"(엡1:10)는 말씀에 따라 우리 한민족이 그리스 도안에서 평화통일을 이루어 사랑과 평화, 행복이 가득한 조국을 건설하여 후손대대에 아름다운 통일조국을 물려주어야 할 책임이 바로 우리에게 있다는 것을 그 어느 때보다 가슴깊이 명심하고 무릎 꿇고 기도하는 한국교회 우리 성도들이 되어야 하겠다.

최근 북한동향과 남북관계의 발전방향

– 한국장로신문 사설 2014,11,29 게재 내용임

김정은 체제 등장 이후 최근 북한동향은 예측하기 어려울 정도이고 남북관계는 긴장과 갈등이 심화되고 있다. 그러므로 한국교회는 이러한 최근의 북한동향을 심층분석, 연구하여 한반도평화를 위해 뜨겁게 기도하는 가운데 창조적, 적극적으로 대응해야 하겠다.

2014년 10월 이전에는 김정은 와병설, 실각설 등이 난무한 가운데 10월 14일 인천 아시안게임 폐막식에 북한권력서열 2, 3, 4위라고 보도된 황병서 군총정치국장, 최룡해 당비서, 김양건 대남비서가 참석함으로서 많은 억측들이 나오기도 했다.

북한의 권력서열은 법제도상으로는 김영남 최고인민회의 상임위원장이 김정은 다음으로 서열2위이고 현재 북한권력의 실질적 실세는 김정은 비서실장격인 김정은의 여동생 김여정이라 할 수 있다. 이러한 북한 권력서열에 관심이 모아진 가운데 앞으로 북한이 누가 실질적인 권한을 가지고 북한을 통치할 것인가 하는 것이 초미의 관심사이다.

그러나 2014년 10월 14일 40일만 에 김정은 노동당 제1비서가 공식석상에 등장함으로서 김정일이 건재함을 보여주기도 했다. 그리고 김정은 등장 사흘만인 10월 17일 김책공대를 방문한 바 있고 10월 19일에는 부인 리설주와 함께 인천아시안게임 선수들을 격려함으로서 불화설이 있었던 부인 리설주와도 좋은 관계에 있음을 보여주기도 했다. 이러한 일련의 드러난 북한 권력층의 움직임만 가지고는 믿을 수 없는 것이 북한체제임을 알아야 한다. 원래 사회주의 체제자체가 모든 움직임이 정치 전략 전술의 늪에 가려져 있기 때문이다.

김정은 공식 등장 후 2014년 10월 15일에는 군부핵심 김영철 정찰총국장(대장, 천안함 사건 주도)이 군사 당국자회담에 참여했지만 성과 없이 끝나기도 했다. 그리고 휴전선에서 총격을 가하기도 했고 대북전단살포를 비난하면서 남북긴장 책임을 한국에 전가하고 있다.

이러한 남북 간의 긴장과 갈등 속에서도 박근혜 대통령은 전쟁 중에도 대화할 수 있다는 남북 대화의지를 강조하고 있다. 특히 2014년 10월 17일 박근혜 대통령은 프란치스코 교황을 만나 "북한이 이중적 태도를 버리고 대화에 나서야 한다"고 주장하기도 했다.

11월 16일 호주에서 열린 G20(주요20개국)정상회의 순방기간 중 한, 중, 일 정상회담을 제의 한 바 있고 2014년 11월 12일 미, 중 정상이 북핵 불용원칙과 핵, 경제 병진노선이 불가능하다는 점을 확인한 것을 언급하며 "미, 중 정상이 그런 인식에 일치했다는 것은 한국이 중국과 지속적으로 대화를 하고 그런 노력을 해 온 결과"라고 밝혔다.

최근 북한은 한, 중, 일 정상회담제의와 미, 중 정상의 북핵 불용원칙 등 회담결과가 나온 시기에 최룡해 당 비서를 김정은 북한 노동당 제1비서의 특사자격으로 2014년 11월 18일 러시아를 전격 방문, 푸틴대통령과 면담한 것으로 알려지고 있다.

남북한을 둘러싼 주변국제정세가 긴박하게 돌아가는 상황에서

2014년 11월 18일 유엔총회 3위원회 에서는 북인권결의안이 찬성 111표, 반대19표, 기권55표로 압도적 다수표로 통과되었다. 북한 내 반 인권행위 책임자를 국제형사재판소에 회부해 처벌한다는 내용을 담은 유엔 인권결의안은 유럽연합(EU)이 제안하고 한국, 미국, 일본 등 55개국이 공동 발의한 것으로 모두 14개 조항으로 이루어 졌다. 이 유엔인권 결의안이 법적 구속력을 가지려면 유엔총회 본회의 결의 후 유엔안전보장이사회를 통과해야 하는데 상임이사국인 중국과 러시아의 행보가 주목된다. 그러나 유엔 북인권결의안 통과는 북한에 경고 메시지가 될 것이다.

이러한 남북관계긴장상황과 주변국제정세의 긴박한 움직임도 결국 하나님 섭리 가운데 있음을 믿고 남북 긴장완화와 평화통일위해 열심히 기도하고 함께 노력해야 할 것이다.

새 하늘을 보며 새 소망을 안고

- 2014.10.20. 저자가 서울 은평구 통일로에 위치한 순복음교회 제2성전에서 한반도평화통일재단 3차 월요기도회 간증설교와 함께 "그리스도 안에서 통일"(엡1:10)주제의 특강을 했던 내용 중 일부임

⟨창세기12:1-4⟩

(1) 여호와께서 아브람에게 이르시되 너는 너의 고향과 친척과 아버지의 집을 떠나 내가 네게 보여 줄 땅으로 가라

(2) 내가 너로 큰 민족을 이루고 네게 복을 주어 네 이름을 창대하게 하리니 너는 복이 될지라

(3) 너를 축복하는 자에게는 내가 복을 내리고 너를 저주하는 자에게는 내가 저주하리니 땅의 모든 족속이 너로 말미암아 복을 얻을 것이라 하신지라

(4) 이에 아브람이 여호와의 말씀을 따라갔고 롯도 그와 함께 갔으며 아브람이 하란을 떠날 때에 칠십오세 였더라

*간증 설교 : 부름받은 아브람, 아브라함의 순종, 비전을 보며 (창세기 12장 1~4절)

저는 오늘 본문에서 "아브라함의 순종"과 비전을 보며 다시 한 번 나의 미래를 생각하게 됩니다.

본문 4절에 아브람이 고향 하란을 떠날 때 75세였다고 되어 있습니다. 제가 올해 75세로 새로운 일을 시작해서 저에게는 더 큰 의미를 부여하고 있습니다. 제가 그동안 사무관, 서기관 등 국가공

무원 생활을 하면서 당시 3급 이상 공직자에게 응시자격이 주어진 서울대행정대학원 석사과정에 들어간 것이 계기가 되어 행정학으로 석사, 박사학위를 받게 되어 관동대 법정대학 교수로 부임했고 교수 은퇴이후 사이버대 총장으로 부름 받아 봉직한 바 있습니다.

총장임기를 마치고나니 행정사법이 2013년 개정되어 국가전문자격사로서 행정적으로 억울한 일을 당했을 때 행정심판이나 행정기관에 신청할 각종 인허가 대리 등의 일을 하게 되어 "행정심판 소망"이란 간판을 걸고 사무실을 열게 되었습니다.

더욱이 부족한 저에게 하나님께서는 대한행정사협회 교육부회장으로 임명되게 하셔서 창업을 위한 고귀공직자 등 실무교육, 대학과의 협약체결로 행정 관련학과 등 실습교육을 하도록 기회가 주어져 하나님께 감사드립니다.

제 나이 75세에 새로 시작한 일이 국민을 위한 봉사와 섬김의 사역이 되도록 아브라함처럼 순종하며 하나님께서 주신 비전과 소망을 실천하는 계기가 되기를 기도하고 있습니다.

아브라함이 믿음의 조상이 되고 복의 근원이 된 것은 하나님의 말씀과 명령에 무조건 순종한 데 있었습니다.

그러면 창세기 12장 본문에 나타난 아브라함의 순종에 관해 말씀드리겠습니다.

1) 아브라함은 "떠나라"는 하나님의 명령에 순종했습니다.

창세기 12장 1절에 "여호와께서 아브람에게 이르시되 너는 너의 본토 친척 아비 집을 떠나 내가 네게 보여줄 지시할 땅으로 가라"는 명령입니다. 부모 형제들이 있고 땅도 있고 집이 있는 고향 하란, 평안하게 살 수 있는 고향을 다 버리고 과감하게 떠나라는 것입니다. 그것도 목적지를 가르쳐 주면서 떠나라는 것이 아닙니다.

목적지를 알면 그나마 순종하기가 쉬울 텐데 어디로 가라는 말씀도 없이 무조건 다 버리고 떠나라는 것입니다. 그런데 아브라함은 순종했습니다.

하란에 정착하기 전에는 갈대아 우르에 살았는데, 아브라함의 아버지 데라는 본래 앗수르 족속이었는데 달을 숭배하고 우상 장사를 하는 사람이었습니다. 하란에 살면서도 우상 장사를 했을 것 아닙니까. 그래서 그 아버지 데라가 죽자, 그 죄악된 장소 하란을 박차고 떠나라고 말씀하셨고 아브라함은 하나님 말씀에 무조건 순종했습니다.

창세기 12장 2절에 "내가 너로 큰 민족을 이루고 네게 복을 주어 네 이름을 창대케 하리니 너는 복의 근원이 될지라" 하신 이런 엄청난 축복을 예비하시고 떠나라고 하나님은 명령하신 것입니다. 하나님은 무슨 명령을 하실 때는 반드시 축복과 상급을 예비해 두시고 명령하시는 것입니다. 어려운 명령일수록 그만큼 큰 복을 예비하시는 하나님이십니다.

창세기 12장 3절에 보면 "너를 축복하는 자에게는 내가 복을 내리고 너를 저주하는 자에게는 내가 저주하리니 땅의 모든 족속이 너를 인하여 복을 얻을 것이니라 하신지라" 하셨습니다. "땅의 모든 족속이 아브라함 때문에 복을 얻을 것이다" 라는 말씀은, 그의 후손 가문에서 구세주 예수 그리스도가 탄생되어 세계 많은 사람들이 구원받고 축복을 받게 될 것을 의미합니다.

우리 인간 삶에 있어서도 떠나야 할 자리, 죄의 유혹을 받는 자리에서 과감히 떠나야 하나님께서 예비하신 축복을 받을 수 있습니다. 시편 1편 1~2절에 "복 있는 사람은 악인의 꾀를 좇지 아니하며 죄인의 길에 서지 아니하며 오만한 자의 자리에 앉지 아니하고 오직 여호와의 율법을 즐거워하여 그 율법을 주야로 묵상하는 자로다"라고 했습니다.

그런데 아브라함은 친척을 다 버리고 떠나라고 했는데 조카 롯을 데리고 갔습니다. 자식도 없으니 너무 허전했던 모양입니다. 창세기 12장 4절에 "이에 아브람이 여호와의 말씀을 좇아갔고 롯도 그와 함께 갔으며…"라고 했습니다.

아브라함의 이 부분적인 불순종이 아브람에게 어려운 문제가 발생하게 되었습니다. 훗날 아브람의 집 종들과 롯의 집 종들과 싸우고 다투는 일이 발생했습니다.

복된 새날을 맞이하려면 죄악된 자리를 완전히 떠나야 합니다. 애굽을 완전히 떠나야 가나안 땅에 들어갈 수 있습니다.

2) 하나님은 아브라함에게 "내어 쫓으라"는 명령했습니다. 아브라함은 이에 순종했습니다.

여종 하갈과 이스마엘을 "내어 쫓으라"는 명령인데 이것도 참으로 순종하기 어려운 명령입니다. 하나님이 아들을 주시겠다고 약속을 해 주셨는데도 100세가 가깝도록 주시지 않으니까 사라가 고안한 것이, 여종들 중에 하갈이란 여자가 인물이 예쁘고 똑똑하니까 "내가 눈감아 줄 테니 남편과 동침해서 아들을 하나 보자"고 요청한 것입니다.

그래서 아들을 낳은 것이 "이스마엘"인데, 그 다음부터 후에 나은 이삭을 이스마엘이 괴롭히고, 여종 하갈이 주모 사라를 멸시하니까 하나님께서 "이 여종과 그 아들을 내어 쫓으라"고 명령했습니다.

아브라함은 그 아들을 인하여 "깊이 근심하다가" 드디어 결단을 내려 하갈과 이스마엘을 내어 쫓았습니다. 오늘날까지 이스라엘과

팔레스타인이 끊임없이 피 흘리고 싸우는 것은 아브라함과 사라가 생각을 잘못해서 범한 죄의 결과라 할 수 있습니다.

그러나 아브라함은 하나님 명령에 순종하여 어려운 하갈과 이스마엘을 내어 쫓았습니다. 자기 아내 사라는 늙은 할머니인데 하갈은 젊은 여자이니 육신적으로는 정이 더 갔을지도 모릅니다. 이삭을 낳기 전에 처음으로 아들 이스마엘을 낳았으니 얼마나 정이 들었겠습니까?

그러나 아브라함은 하나님의 명령에 순종하여 하갈과 이스마엘을 내어 쫓았습니다. 참으로 순종하기 힘든 일인데 순종했습니다.

우리 이간도 하나님의 뜻에 어긋나고 죄악된 일이라면 결단을 내려서 끊을 것은 끊고 버릴 것은 버려야 합니다. 죄악을 청산하지 않고는 진정한 하나님의 축복을 기대할 수 없습니다.

저 역시 새로운 일을 시작하면서 과거에 잘못된 행동, 마음들을 다 끊고 오직 하나님 뜻에 합당한 사람이 되도록 많은 것을 끊기 시작했습니다. 과거 고위공직을 통해, 대학교수, 대학총장을 통해, 교회장로로서 존경을 받으며 살아왔기 때문에 내마음속에 자리잡은 섬김을 받으려는 마음을 모두 끊고 국가전문자격사인 행정사로서 고객을 사랑하며 섬기며 봉사하기로 결심을 했습니다. 그리고 자존감은 갖되 과거의 잘못된 모든 생각, 행동, 집착 등을 완전히 끊고 창조적, 적극적으로 새 삶을 살아가기로 결심했습니다.

3) 아브라함은 "독자를 바치라"는 하나님 명령에 순종했습니다.

창세기 22장 1절부터 보면 하나님이 아브라함을 시험해 보시려고 "네 아들 네 사랑하는 독자 이삭을 번제로 드리라"고 명령하셨습니다. 첫 번째, 두 번째 명령도 순종하기 어려운 일이었지만 이 세 번째 명령, 마지막 명령은 참으로 순종하기 어려운 말씀이었습니다. 그러나 아브라함은 순종했습니다. 100세나 되어 주신 아들인데 번제로 잡아 바치라고 하니 우리 인간으로서는 상상할 수 없는 일입니다.

그러나 아브라함은 순종했습니다. 아들을 데리고 3일 길을 가서 장작더미 위에 아들을 묶어 놓고 칼을 들이댔습니다. 이 아들을 낳을 수 없을 때 낳게 하신 하나님이 태운 재에서 다시 살리실 수 있지 않겠느냐 하는 믿음으로 이미 결단을 내렸습니다.

창세기 22장 16~17절에 보면 "…네가 이같이 행하여 네 아들 네 독자를 아끼지 아니하였은즉 내가 네게 큰 복을 주고 네 씨로 크게 성하여 하늘의 별과 같고 바닷가의 모래와 같게 하리니 네 씨가 그 대적의 문을 얻으리라"고 말씀하셨고, 22장 12절에 보면 "…네 아들 네 독자라도 내게 아끼지 아니하였으니 내가 이제야 네가 하나님을 경외하는 줄을 아노라"고 하셨습니다.

오늘날도 하나님은 큰 복을 주실 사람에게 보통 사람이 순종할 수 없는 명령을 내리실 때가 있습니다. 제일 귀한 것, 하나밖에 없는 것, 내 생명과 같은 것을 바치라고 할 때가 있습니다.

그때에 "그것은 안됩니다."하고 불순종하면 하나님도 실망하시고 축복의 손을 거두시고 맙니다. 하나님 말씀에 무조건 순종해야 합니다.

4) 맺음말

이상 아브라함의 순종에서 보았듯이 저도 하나님의 섭리와 인도 따라 정든 고향, 부모형제를 떠났기에 하나님을 믿게 되었고 소망교회장로로 강남노회 부노회장으로, 교단총회 남북한선교통일위원장으로 통일선교대학장으로 북한선교사역을 하게 되었습니다.

그리고 고학으로 중, 고등학교를 졸업하고 사법고시의 꿈을 안고 대학에서 법학을 전공했습니다. 그렇게도 소원했던 6년여 공부한 사법고시는 낙방하고 당시 3급을류국가공무원 시험에 합격, 사무관으로 공직에서 봉사하게 되었습니다. 당시 사무관 이상 서울대학교 행정대학원 야간부 응시자격이 부여된다는 광고를 보고 응시, 합격했습니다.

이것은 사법고시 합격 못한데 대한 아쉬움이 있었지만 하나님 뜻으로 순종하고 국가와 민족을 위해 더 큰 일을 수행하라는 하나님 명령으로 생각하고 순종하며 북한행정전공을 하게 되어 행정학 석사, 박사학위를 받아 민족의 통일과 북한선교를 위해 봉사할 수 있게 된 것을 하나님께 감사드리고 있습니다.

당시 북한문제 전공자가 별로 없어 신문 방송(라디오, TV 등)에서 혼자 거의 독점하다시피 출연하며 통일과 북한선교 기사를 썼고 방송을 했습니다. 오직 하나님의 은혜로 생각하고 감사드립니다.

그리고 공직에서는 북한연구관으로, 방송실장으로, 봉사했고, 통일부통일정책자문위원, 헌법기관인 민주평화통일자문회의 상임위원으로 봉사하면서 전국을 순회하며 통일교육을 실시하여 통일문화 창출에 기여했고 미국, 캐나다, 중국, 일본, 러시아, 유럽 등 세계 각국을 순회하며 세계평화와 통일을 위해 봉사하도록 했습니다.

이처럼 북녘 땅에, 세계 속에 하나님나라 확장에 크게 기여할 수 있었던 것은 하나님의 강권적인 역사와 섭리 속에 이루어진 크신 축복이라 믿고 감사와 영광을 하나님께 돌립니다.

한국교회와 우리 우리크리스천들은 김정은 체제등장이후 많은 변화가 예측되고 있는 가운데서 남북한 관계도, 전쟁과 평화통일도 하나님께서 섭리하고 계심을 믿고 그리스도 안에서 통일(엡1:10)을 이루도록 함께 힘을 모아 기도하고 열심히 노력해야 할 것이다.

이제 공직, 교수, 대학총장의 임기를 마치고 소망교회 원로장로로 추대된 후 "행정심판소망" 사무소를 창업, 섬기며 일할 수 있는 새로운 일을 시작하게 되어 새 마음으로 하나님명령에 순종하며 기도하며 살기로 다짐하고 있습니다.

더욱이 국가전문자격사인 행정사로서, 행정사협회 교육부회장으로서, 행정적으로 억울한 일을 당한 국민들을 섬기는 마음으로 행정구제와 행정심판을 통해 봉사하며 행정기관에서 하는 인허가 대리, 토지수용 보상 등의 업무를 사랑의 마음으로 처리해 줌으로서 하나님나라 확장에 기여하는 계기가 되도록 기도하며 열심히 살아가도록 노력하겠습니다.

오직 하나님말씀에 순종하는 종이 되도록 기도합니다.

한반도 평화통일의 빛(격려사)

- 2014년 10월 6일 저자가 한반도평화통일재단 월요기도에서 한 격려사

한반도평화통일재단을 세워주시고 월요기도회를 열게 하신 하나님께 감사드립니다.

특별히 오늘 월요기도회에 참석하신 분들은 하나님께서 베푸신 귀한 잔치에 초대된 것입니다. 주님의 이름으로 환영하고 격려의 말씀과 함께 축하드립니다.

지난 8월 29일 한반도평화통일재단 설립을 위한 조찬기도회에서 여의도순복음교회 제2성전 김원철 담임목사님께서 설교말씀을 통해 독일 성니콜라이교회에서 월요기도회를 열고 "가자 베르린 장벽으로" 구호를 외치며 기도하여 독일통일을 이루게 되었다는 말씀을 하셨습니다. 처음에는 조그만 수가 모였지만 7년 지나자 2천5백여 명으로 증가하여 독일통일을 이룬 초석이 되었다고 하셨습니다.

사실 독일통일이 되기 전 국내외 정세는 언제 통일될지 예측할 수 없었습니다.

통일되기 직전 1989년 독일 브란트수상은 "동서독 통일이 언제쯤 되겠느냐"고 묻는 기자 질문에 "앞으로 10년 이상은 걸릴 것이다"라고 대했다고 합니다. 당시 발트하임 유엔 사무총장도 "주변 강대국이 원치 않아 30년 이상 걸릴 것이다"라고 얘기했습니다. 그런데 독일통일은 그 다음해 1990년 10월 3일 역사적 통일을 이루게 되었습니다.

우리한 반도 통일도 지금은 언제 통일될지 예측할 수 없지만 하나님이 하신다면 내년이라도 될 수 있음을 알고 열심히 기도하고 노력을 해야 합니다.

그래서 오늘 이 월요기도회를 통해 우리 한반도평화통일의 길을 여는데 우리 모두 앞장서도록 노력하십시다.

우리는 지금 하나님 은총 가운데 이 어지러운 세상가운데서도 이만한 자유와 평화를 누리며 살고 있지만 지금 저 북녘에는 한 번도 복음을 들어보지 못한 우리형제들이 영적으로 죽어가고 있는 안타까운 현실이 있음을 봅니다.

아직도 북녘동포들은 기아와 굶주림, 억압에 신음하고 있습니다.

하루속히 저 북녘 땅에 복음이 자유롭게 전파될 수 있도록 기도하고 우리 7천만 민족이 예수그리스도의 복음 안에서 평화 통일을 이루도록 우리 크리스천들이 뜨겁게 기도해야합니다.

그래서 우리 한민족을 통해 세계 속에 평화를 이루게 하시고 세계 인류에게 복음의 빛을 발하는 민족이 되도록 기도해야 할 것입니다.

하나님 뜻이 계셔서 한반도평화통일재단을 세워주시고 월요기도회를 열게 하신 것으로 믿습니다.

한국교회가 먼저 복음 안에 하나 되어 통일문화를 창출함으로서 남남갈등을 치유하게하시고 세계 유일한 분단국으로 남아있는 남북의 평화통일을 이루는데 기여할 수 있도록 월요기도회가 뜨겁게 불타올라야 하겠습니다. 이 자리에 참석하신 우리 모두는 서로격려하며 기도하십시다. 여러분가정과 하시는 사역위에 하나님의 크신 복이 가득하시길 기원합니다.

감사합니다.

평화통일을 위해 무릎을 꿇고(기도문)

- 2015, 1, 12. 한반도평화통일재단 이사, 박완신 장로 기도드림

　인류역사를 섭리하시는 하나님 !

　우리민족을 사랑하셔서 백삼십 년 전 이 땅에 복음의 빛 비추시고 신앙의 자유를 누리며 살 수 있는 특권을 주신 은혜에 감사드립니다.

　저희들은 하나님 은총 가운데 이만한 자유와 평화를 누리며 살고 있지만 지금 저 북녘에는 한 번도 복음을 들어보지 못한 우리형제들이 영적으로 죽어가고 있습니다.

　아직도 기아와 굶주림, 추위와 억압에 떨고 있는 우리 동포들의 안타까운 신음소리를 듣고 있습니다.

　하루속히 저 북녘 땅에 복음이 자유롭게 전파될 수 있게 하시고 우리7천만민족이 그리스도의 복음 안에서 평화 통일을 이루게　하옵소서.

　그래서 우리 한민족을 통해 세계 속에 평화의 빛, 복음의 빛을 발할 수 있도록 역사해 주시옵기를　간절히 기도하옵나이다.

　평화의 하나님 !

　하나님 뜻이 계셔서 한반도평화통일재단을 세워주시고 복음 안에서 평화통일사역을 감당하게 하신 은혜에 감사드립니다.

　세우신 김원철 이사장님과 권석철 회장님, 그리고 재단에 소속된 임역원들, 참가한 모든 주의 종들, 성령께서 주장하셔서 먼저 기도로 무장하게하시고 열심으로 평화통일과 북한선교사역을 감당할 수

있도록 힘을 주옵소서.

성니콜라이교회에서 열렸던 월요기도회가 베르린 장벽을 무너뜨리고 동서독통일의 초석이 되었듯이 우리 한반도평화통일재단에서 시작한 월요기요기도회를 통해 남북분단의 장벽이 무너지고 한반도 평화통일과 북한복음화의 길이 활짝 열리게 하옵소서.

특별히 2015년은 조국광복70년, 남북분단70년을 맞는 해이기도 합니다.

전능하신 하나님 !

바벨론 포로생활에서 70년 만에 이스라엘민족에게 해방과 자유를 안겨주신 것처럼 새해에는 우리민족에게도 그리스도 안에서 평화와 통일의 길을 열어 주시옵기를 간절히 기도하옵나이다.

민족이 하나 되기를 원하시는 주님 !

우리 한국교회가 먼저 복음 안에 하나 되어 남남갈등을 치유하게 하시고 세계 유일한 분단국으로 남아있는 남북의 평화통일을 이루는데 기여할 수 있는 통일문화를 창출하게 하옵소서.

사랑의 하나님 !

오늘 특별히 하나님말씀을 대언하시는 김원철 담임목사님 이 시간 성령께서 주장하셔서 생명의 역사, 구원의 역사, 사랑의 역사를 이루게 하옵소서. 특강을 하게 된 주순영선교사님에게도 지혜를 더하셔서 통일과 북한복음화에 기여할 수 있는 더 큰 능력자로 세워주옵소서.

이 시간 찬양으로 하나님께 영광 돌리는 찬양대의 찬양이 은혜와 기쁨이 넘치는 찬양이 되게 하시고 합심기도를 담당한 목사님, 순서를 맡은 주의 종들도 주님 친히 주장해 주옵소서.

이 모든 말씀을 우리 주 예수그리스도 이름으로 기도하옵나이다.

아멘.

미래로 통일로 달려가는 여성리더십

－미래한반도여성협회 설립 개회예배 기도문
－2014년 3월 15일 상임고문 박완신 장로 기도드림

인류의 소망이요 빛이 되시는 하나님！

하나님 뜻이 계셔서 미래한반도여성협회를 설립해주시고 오늘 개회 첫 예배를 드리게 하심을 감사드립니다.

더욱이 사순절기간을 맞아 하나님께 개회예배를 드리오니 저희들이 시간 신령과 진정으로 하나님께 영광을 돌리는 예배를 드리게 하옵소서.

인류구원을 위해 예고된 십자가 고난의 길을 자원적으로 걸으신 주님의 위대한 계시적 사건을 깊이 깨닫게 하시고 어떤 고난과 힘들고 어려운 일이 있어도 주님 부활의 영광을 보며 미래한반도여성협회가 사랑의 빛, 평화의 빛을 발하게 하옵소서.

하나님의 역사와 섭리 속에 세워진 미래한반도여성협회가 하나님 주권 하에서 한반도의 밝은 미래를 열어가는 아름다운 단체로 발전하게 하옵소서.

사랑의 하나님！

우리민족을 사랑하셔서 백삼십여 년 전 이 땅에 복음의 빛 비추시고 신앙의 자유를 누리며 살 수 있는 특권을 주신 은혜에 감사드립니다.

그러나 아직도 우리한반도는 허리가 동강난 채 세계 속에 유일한

분단국으로 남아 있습니다.

저 북녘에는 한 번도 복음을 들어보지 못한 우리형제들이 영적으로 죽어가고 있는 안타까운 현실이 있음을 봅니다.

기아와 굶주림, 추위와 억압에 떨고 있는 우리 동포들이 신음하고 있음을 보고 있습니다.

하루속히 저 북녘 땅에 복음이 자유롭게 전파될 수 있게 하시고 우리7천만민족이 예수그리스도의 복음 안에서 평화 통일을 이루게 하옵소서.

그래서 우리 한민족을 통해 세계 속에 평화를 이루게 하시고 세계 인류에게 복음의 빛을 발하는 민족으로 세워 주시옵기를 간절히 기도하옵나이다.

전능하신 하나님 !

미래한반도여성협회를 이끄시는 남영화회장님에게 더욱 큰 지혜와 권능을 주시고 저희들 모두는 함께 기도하며 힘을 모아 미래한반도의 평화와 통일선교사역을 잘 감당하게 하옵소서.

이 시간 진리의 말씀을 전하시는 목사님, 성령께서 주장하사 생명의 말씀을 전할 수 있도록 도와주옵소서. 예수그리스도이름으로 기도하옵나이다. 아멘.

소망 안고 달리는 행정 서비스

- 저자가 대한행정사협회 중앙회장 직무대행 역임하고 현재
대한행정사협회(법정법인) 교육부회장으로서 2014년과 20115년 까지
정부위탁을 받아 행정사 시험출신 및 고위공무원 대상으로 창업컨설팅 교육을
하기 전 인사말씀내용임

- 행정사 교육 인사말씀 -

2015년도 행정사 실무교육과정에 참여하신 행정사 여러분 환영
합니다.

그리고 정부 위탁을 받아 대한행정사협회에서 실시한 행정사교육
과정에 오신 여러분, 뜨거운 감사의 인사를 드립니다.

2015년은 을미년 청양(靑羊)의 해입니다.

양은 원래 성격이 착하고 유순하며 무리지어 다니면서도 화목하
며 평화롭게 사는 동물입니다. 여기에 청색의 빠르고 진취적인 특
징이 결합되어 2015년 청양의 해에는 행정사 여러분, 진실 화합의
정신을 바탕으로 개인과 가정이 평화롭고, 행정사로서 하시는 일마
다 진취적이고 빠른 발전이 있으시길 기원합니다.

우리 행정사들은 앞으로 힘을 모아 화합함으로서 국민을 위해 더
열심히 봉사하며 국가행정제도의 발전을 위해 진취적인 노력을 해
야 할 때입니다.

2013년 새로운 행정사법시행으로 제1회 행정사시험이 실시되는
등 행정사제도에 큰 발전의 계기를 마련하게 되었습니다.

그리고 강력한 행정사 조직기반을 갖게 되었습니다.

2013년에는 제1회 행정사시험 실시로 시험합격자296명, 공무원
경력합격자 66,194명으로 66,490명의 행정사가 배출되었고 2014
년에는 제2회 행정사시험 합격자가 330명, 공무원경력합격자
87,699명으로 88,029명이 배출되어 기존 행정사 9,319을 합하면
모두 16만4천여 명의 행정사가 배출되었습니다. 그리고 2015년도
제 3회 행정사시험 합격자를 합하면 20만 이상의 행정사가 될 것
으로 보입니다.

정부부처도 현재 51개 부처가 되어 행정사가 해야 할 다양한 정
부부처업무가 있는 것을 알 수 있습니다.

이제 우리 행정사 모두는 시험에 합격한 분이든 공무원경력자로
서 합격한 분이든 모두가 힘을 합하여 함께 개척자적 정신으로 창
조적 마인드를 가지고 부단한 노력을 함으로 어떤 국가 공인자격사
보다 최고의 각광을 받는 행정사가 되어야할 것입니다.

우리 행정사들은 행정사법 제1조의 목적대로 행정과 관련한 국
민의 편익을 도모하고 행정제도의 건전한 발전에 기여하도록 해야
할 것입니다.

국가공인 전문자격사로서 비전과 목적을 갖고 우리에게 주어진
임무를 성실히 수행함으로써 최고의 권위 있는 행정사가 된다는 신
념으로 노력해야 성공할 수 있습니다.

저는 사무관, 서기관으로 공직에 재직하면서 서울대 행정대학원
에서 행정학석사학위를 받고 단국대에서 행정학 박사학위를 받아
공직경력자로서 제1회 행정사합격증과 자격증을 받고 국가전문자
격사가 되었다는 것을 큰 보람으로 생각합니다.

이 시간 여러분과 같은 전문자격사로서 말씀드리게 된 것을 무한

한 영광으로 생각합니다.

이러한 공직경력과 법정대학 교수, 사이버대 총장으로 재직하면서 가졌던 교직경력을 최대한 활용하여 행정사로서 자질을 길러 비전과 소망, 꿈을 갖고 국민을 위해 국가를 위해 마지막 봉사의 기회로 생각하고 열심히 섬기며 일하려고 합니다.

미국하버드대 경영학 교수인 앨버스(Elberse) 교수는 세계적 스타가 되기 위한 요건으로 자질, 탁월성, 운을 꼽고 있습니다.

우선 어느 분야에 자질이 있어야하고 자세가 좋아야 하며 탁월성이 있어야하고 운이 따라야 한다고 합니다. 하늘도 자신이 복을 담을 그릇이 됐을 때 복을 내립니다. 중국 여러 성에 가서 성장, 시장 등 관료 대상, 경영전략 강의 시 초대받아 식당에 가면 복(福)자가 거꾸로 쓴 문구가 붙어있는 것을 볼 수 있었습니다. 하늘에서 복을 내리는데 본인이 복을 담을 그릇이 되야 한다고 합니다.

아무쪼록 국가전문자격사인 행정사로서 각자 비전과 꿈, 자존감을 갖고 더욱 행정사 업무에 관한 최고의 자질과 탁월성을 길러 크게 발전하고 성공하는 여러분 되시길 기원합니다.

2015년 을미년 새해 청양(靑羊)의 해에 이 자리에 오신 행정사 여러분, 더욱 건강하시고 하늘의 크신 복이 넘치시길 기원합니다.

뜨거운 가슴으로 뛰는 행정컨설팅

(2014년 4월부터 2015년 11월 까지 사이에 4주단위로 행정사시험 제1회
합격자와 제2회 합격자중 창업실무교육대상자인 행정사시험합격자와
고위공무원대상으로 정부위탁을 받아 "행정사의 비전과 목표, 행정사법령,
사무관리, 컨설팅" 주제 강의를 하면서 성경에 근거하여 은퇴 후
국가공인전문자격사로서 비전과 목표를 갖고 국가와 국민에 대한 섬김과 봉사의
정신으로 행정사 업무를 수행할 수 있도록 하기위한 행정사 창업컨설팅에 대한
강의한 내용임.)
　　　　　　　　　　　　　　　　　　　－ 한국행정신문2014, 12, 15 게재

저자는 2013년 12월 12일자로 제1회 행정사 최종 합격확인서를
받고 안전행정부장관으로부터 일반 행정사 자격증을 교부 받은 바
있다.

저자는 사무관, 서기관으로 10년 이상 근무한 경력자로서 제1회
행정사자격증을 받고 국가전문자격사가 되었다는 것을 큰 보람으
로 생각하고 있다.

더욱이 제1회 행정사 시험에 높은 경쟁률을 뚫고 합격한 행정사
들은 더욱더 긍지와 자부심을 가져야 할 것이다. 시험에 합격하여
행정사 자격을 받은 행정사들과 공직경력자로 행정사 자격을 받은
행정사들이 서로 협력하므로 하나가 되어야 행정사의 업무영역 확
대는 물론 행정사제도 발전에 크게 기여할 수 있을 것이다.

이제 우리 행정사 모두가 힘을 합하여 함께 개척자적 정신으로 창
조적 마인드를 가지고 부단한 노력을 함으로 어떤 국가 공인 자격사
보다 최고의 각광을 받는 행정사가 되도록 노력해야 할 것이다.

행정사법 제1조의 목적대로 행정사는 행정과 관련한 국민의 편

익을 도모하고 행정제도의 건전한 발전에 기여하도록 해야 한다.

국가공인 전문자격사로서 비전과 목적을 갖고 국가와 국민을 위한 섬김과 봉사의 정신으로 행정사 임무를 수행함으로써 최고의 권위 있는 행정사가 된다는 신념으로 노력하면 반듯이 성공할 수 있다.

더욱이 행정사는 현재 17부 3처 18청, 2원, 5실 6위원회 등 51개 기관의 6백 50여개의 다양한 행정업무와 관련된 직무를 수행해야 하므로 업무의 개발과 발전을 위해 열심히 노력하지 않으면 안 된다.

필자가 공무뭔 사무관, 서기관 시절 서울대 행정대학원 석사과정에 다니면서 정부부처 사무관급 이상 공무원들과 함께 석사학위 공부를 하면서 정부 각 부처의 업무를 서로 발표하면서 정부의 여러 부서 업무를 알 수 있었다. 앞으로 행정사 업무수행에도 많은 도움이 될 것으로 기대하고 있다.

이처럼 행정사의 실제적인 업무와 관련된 여러 분야 연구도 중요하지만 이러한 행정사 업무수행에 기본 바탕이 되는 행정사관련 법률, 시행령, 시행규칙, 판례, 행정심판의 재결, 인용사례 등 연구가 먼저 선행 되어야 한다.

국회 법률지식정보시스템을 통해 행정사와 관련된 최근 입법화된 법률을 수시로 확인해야하고 대법원 대국민서비스 종합법률정보를 통해 행정사 업무와 관련된 최신 판례도 수시로 확인해보는 마음가짐이 중요하다.

그리고 행정사로서의 비전, 도덕성 등 자세는 물론 경영정보, 경영전략, 행정컨설팅 기법등을 잘 이해하고 있어야 효율적 행정사 업무를 수행할 수 있다.

우리 인간은 비전과, 꿈 소망을 갖고 열심히 노력하면 반듯이 성공적인 삶을 살아 갈 수 있다.

아무쪼록 국가공인 전문자격사인 행정사로서 각자 비전과 꿈, 자존감을 갖고 더욱 행정사 업무에 관한 최고의 자질과 탁월성을 길러 크게 발전하고 성공하는 행정사가 되어야 한다.

특히 행정사는 자존감을 갖고 국가전문자격사로서 실력을 쌓아 국민을 위해 최선을 다해 봉사해야 할 한다.

행정사법 제1조에서는 행정사법의 목적을 규정하고 있다. 즉 "이 법은 행정사(行政士) 제도를 확립하여 행정과 관련한 국민의 편익을 도모(圖謀)하고 행정제도의 건전한 발전에 이바지함을 목적으로 한다." 라고 규정하고 있다.

행정사법 제1조의 목적대로 행정사는 국가전문자격사로서 행정과 관련한 국민의 편익을 도모하고 행정제도의 건전한 발전에 기여해야 한다는 비전과 목적을 갖고 국민을 위해 봉사한다는 사명감을 갖고 섬김의 정신으로 행정사 임무를 수행한다면 큰 보람을 느끼며 제3의 인생여정을 살아갈 수 있을 것으로 확신한다.

행정사가 해야 할 업무는 다른법에서 제한하고 있는 경우를 제외하고는 행정사법제2조에 규정되어 있는대로 행정기관에 제출하는 서류작성은 물론, 행정과 관련된 모든 업무를 수행할 수 있다. 대표적인 주요업무는 영업정지 취소구제, 운전면허정지 취소구제, 학교폭력, 행정심판 청구, 토지보상(헌법제23조), 각종 인, 허가 대리, 자동차 등록업무, 국가보훈 업무, 사실조사 확인, 출입국 업무, 행정법령 상담자문, 행정컨설팅 업무 등이 있다.

행정사 창업시에는 앞의 주요 기본업무는 다 알고 하되 자신의 전공이나 취향에 적합한 전문분야를 개발하여 업무를 수행하는 것이 효율적이다. 행정사법 제1조 목적대로 국민의 편익 도모나 행정제도 발전에 기여한다는 목표의식을 갖고 업무에 임해야 할 것이다.

행정사업무를 효율적으로 잘 수행하려면 국가공인전문자격사로서 행정사에 대한 비전과 소망을 갖고 전문가로서 행정사와 관련된 헌법, 민법, 행정법, 행정사법, 그리고 이와 관련된 각종의 법률, 시행령, 시행규칙, 판례, 행정심판사례, 컨설팅, 의사전달, 인간관계, 리더십 등을 깊이 연구하여 국민들의 행정적 편의를 도모하고 국가행정제도 발전에 기여할 수 있어야 할 것이다.

절대적 감사와 기쁨으로 사는 삶

-2015년 12월 8일 서울 시청 앞에 위치한
소명행정사사무소(서영숙대표행정사)에서 행정사신우회 회원들과 함께 예배를
드리면서 저자 박완신 장로가 전한 설교말씀을 요약해서 정리한 내용임-

-찬송 : 460장

-성경 : 시편 50편 23절

"감사로 제사를 드리는 자가 나를 영화롭게 하나니 그의 행위를 옳게 하는 자에게 내가 하나님의 구원을 보이리라"

카터 전 미국 대통령(91세)은 4개월 전 뇌에 암이 생겨 시한부 삶의 판정을 받고도 평소처럼 해비타트 사랑의 집짓기운동 등 사회봉사 활동과 자기가 출석한 조지아주 마라나타 침례교회에서 감사로 예배드리며 성경교실에서 신앙 활동을 계속 이어갔습니다.

지난 12월 6일(주일) 열린 성경교실에서 "이번주 병원에 다녀왔는데 의사들이 더 이상 암세포를 찾을 수 없다"는 말을 했다면서 많은 분들의 기도해준 덕분입니다, 감사합니다"라고 인사해 박수갈채를 받았다고 합니다.

항상 하나님께 감사로 예배드리며 성경교실에서 열심히 봉사하고 사랑의 집짓기 등 사회봉사활동도 꾸준히 하며 암 세포까지 극복한 카터 전 미국 대통령을 보며 우리의 신앙생활과 행정사로서 국민을 위한 사회봉사활동을 어떻게 해야 할 것인지 다시 한 번 생각해 봅니다.

하나님께서 행정사신우회를 창립하게 하시고 이처럼 모여 예배드리게 하신 하나님께 감사드립니다.

행정사법 제1조 목적대로 국민을 위한 행정적 편의와 국가행정 제도 발전을 위해 우리 행정사 모두는 국가공인전문자격사로서 열심히 기도하며 꾸준한 노력을 아끼지 말아야 할 것입니다.

오늘 본문 성경말씀대로 먼저 하나님께 감사로 예배드리며 열심히 국가와 국민을 위해 섬기고 봉사해야 할 줄로 믿습니다.

오늘 주신 성경본문에서 특별히 "감사로 제사를 드리라"라는 말씀은, 예배를 드릴 때나 예물을 드릴 때 참 감사의 마음으로 드리라는 말씀입니다.

감사(感謝)의 한자어를 자세히 보면, 감사해야 할 感(감)자에 사례할 사(謝)자로 되어 있습니다.

하나님은 바로 우리 믿는자들이 하나님의 은혜를 알고 마음을 다하여 갚고자 하는 그 믿음을 보고자 하심을 알 수 있습니다.

욥기 1장 21절에 보면,

욥은 많은 것을 잃은 후에 "내가 모태에서 빈손으로 나왔사온 즉 또한 빈손으로 그리로 돌아가올찌라. 주신 자도 여호와시요 취하신 자도 여호와시오니 여호와의 이름이 찬송을 받으실찌니이다."라고 고백 한 것을 볼 수 있습니다.

욥은 하나님께서 많은 자녀와 재물과 가축들을 주셨을 때에도 감사했지만, 하나님께서 이 모든 것들을 거두어 가셨을 때에도 결코 원망하지 않았습니다.

그 이유는 욥의 감사가 조건적 감사가 아니라 절대적 감사였기 때문이었습니다. 욥은 큰 고통의 시간 속에서도 하나님께 감사를 영광을 돌렸던 것입니다.

우리 행정사들도 오직 하나님께 영광을 돌리고 절대적 감사와 기쁨으로 삶을 빛내가야 할 것입니다. 그렇다면 우리가 하나님을
영화롭게 하려면 어떻게 해야 할까요?
그것은 본문의 말씀처럼 감사로 예배를 드리는 것입니다.
하나님께 감사로 찬송을 하고, 감사로 예배를 하고,
감사로 기도를 하고, 감사로 예물을 올리는 것입니다.

오늘본문 시편50편 23절을 보면,
"감사로 제사를 드리는 자가 나를 영화롭게 하나니 그의 행위를
옳게 하는 자에게 내가 하나님의 구원을 보이리라"고 말씀합니다.
하나님은 바로 하나님의 은혜를 알고 마음을 다하여 갚고자 하는
그 믿음을 보고자 하심을 알 수 있습니다.

오늘 우리도 하나님을 영화롭게 하려면 어떻게 해야 할까요?
본문의 말씀처럼 감사로 예배를 드리는 것입니다.
하나님께 감사로 찬송을 하고, 감사로 예배를 드리고,
감사로 기도를 하고, 감사로 예물을 올리는 것입니다.

이 감사의 삶은 하나님께 보험 드는 것과 같습니다.
왜냐하면 "감사로 제사를 드리고 그 행위를 옳게 하는 자에게
하나님은 하나님의 구원을 보이겠다"고 약속하셨기 때문입니다.

하나님의 은혜와 예수 그리스도의 십자가의 보혈로 구원을 받을

뿐만 아니라, 범사에 하나님의 도우심과 함께하심의 은혜 속에 살아가는 저와 행정사 신우회 회원여러분 되시길 기원합니다.

저는 항상 기도하며 말씀으로 가족의 신앙생활을 인도하려고 많은 노력을 기울였습니다. 그리고 항상 기뻐하고 절대적 감사로 사는 삶을 생활 속에서 보여주려고 애를 썼습니다.

우리집 가훈도 데살로니카전서 5장 16~18절 말씀으로 정했습니다.

"항상 기뻐하라 쉬지 말고 기도하라 범사에 감사하라 이는 그리스도 예수 안에서 너희를 향하신 하나님의 뜻이니라"

이 가훈대로 살기 위해 기도하며 노력하고 있고 자녀들도 이 말씀대로 살도록 기도하며 지도하고 있습니다.

특히 신앙이 돈독한 아내 홍경순 권사를 만나서 우리 온 가족이 믿음이 더욱 굳게 정착되었고 친척들도 믿게 되었고 고향에 교회를 세워 고향사람들까지도 전도하게 되었음을 하나님께 감사드립니다.

특히 아내 홍경순 권사는 아침마다 자녀들을 기도로 찬양으로 말씀으로 양육시키는데 기도하며 최선의 노력을 다했습니다.

그 결과 자녀들이 신앙적으로 바르게 잘 자란 모습을 보고 하나님께 감사드리며 아내의 수고에도 감사하는 마음 금할 길 없습니다.

감사로 삶을 사는 중에 범사에 하나님께 영광 돌리고 하나님의 크신 은총이 행정사신우회회원 여러분과 여러분 가족, 그리고 국가공인전문자격사로서 행정사로서 국민을 위해 봉사하는 모든 행정사님들 위에 충만하시길 기원하는 마음 간절합니다.

- 기도 -

북한동포에게 복음을

– 한국장로신문(2015.6.13 시론)게재 내용임

북한은 대내적으로는 김일성, 김정일, 김정은 3대 우상화, 신격화를 통해 세습독재권력을 유지하면서 체제를 다지려 하고 있고 대남비방 심리전을 통해서는 남북갈등을 심화시키고 있다.

필자가 북한이 핵 실험을 단행했던 2006년 이후 평양과 북한의 여러 지역을 방문했을 때 "핵보유국이 됐다"고 과장 선전하는 북한체제의 모습을 볼 수 있었고 "세계적인 핵보유국을 일깨워 주신 령장 김정일 장군 만세"라고 선전하는 문구들을 통해 김정일 찬양에도 열을 올리고 있음을 알 수 있었다.

최근에는 김일성, 김정일, 김정은으로 이어지는 3대 세습독재체제 공고화를 위해 핵문제 과시는 물론 2010년 3월 천안함 사건을 비롯하여 11월23일에는 연평도 포격을 통한 대남 무력도발까지 감행한 바 있다. 북한당국은 아직도 세습독재권력제제 유지에 혈안이 되어 지도자를 우상화하면서 신권정치체제(神權政治體制化)로 변모시켜놓고 있다.

파킨슨은 神權政治체제의 모델을 교조, 신화, 성서, 사제직 설치, 탄압으로 묘사하고 있다. 북한공산정권도 김일성, 김정일, 김정은을 교조로 신격화하고 있고 "김일성 그이는 한울님"이란 책까지 내놓고 있다. 그리고 "김정일은 우리의 하늘이요 운명이요 인류의 구세주"라고 신격화하고 있다. 2010년에 들어와서는 김정은 우상화에 열을 올리고 있다.

북한당국은 이처럼 지도자를 신격화, 우상화하면서 신화를 주조해 놓고 있고 주체사상을 성서라고 까지 하며 북한주민들을 김일성, 김정일, 김정은 주의자의 품성으로만 살아가도록 상징조작 하고 있다. 또한 노동당간부들을 사제로 하여 김일성, 김정일, 김정은 3대 세습 독재체제 유지를 위한 들러리 역을 시키고 있다.

이러한 북한체제의 특성에서 볼 때 북한을 하나의 거대한 우상 신권체제, 사이비 종교집단으로 규정할 수 있다.

북한은 이처럼 3대 세습권력의 신권정치체제 유지를 위해 안간힘을 쏟으면서 총대, 사상, 과학기술을 3대기둥으로 한 "강성대국" 건설을 "사회주의 강성국가"로 규정하면서 남북 간 긴장과 갈등을 조성하고 있다.

특히 북한은 2015년 5월 24일 조평통 대변인 성명을 통해서는 北 'SLBM 사출시험'(5.8)에 대한 우리 정부 입장 관련 '핵억제력 강화를 걸고드는 부질없는 추태' 라고 비난하였고(중앙통신) 같은 날 북한 국방위원회 정책국 성명을 통해서는 5.24 조치와 관련하여 6.15와 연계 하면서 北 천안함 폭침 소행 부인 및 공동조사 촉구하면서 남북대화에 앞서 5.24 조치 先해제를 요구를 하고 있다.(5.24 중앙통신)

또한 북한은 5월 28일 중앙통신을 통해서는 세계인민들과의 연대성 조선위원회 대변인 중앙통신 기자문답 "Women Cross DMZ(WCD)" 관련 활동을 한국 정부가 "노골적으로 방해했다" 며 왜곡 선전하고 있다(5.28 중앙통신)

그리고 북한은 5월 29일 조평통 서기국 보도를 통해 유엔 북인권사무소 서울 개소 관련 "공공연한 대결선포로 간주하고 무자비

하게 징벌할 것"이라고 위협하고 있다.(5.29 중앙통신)

이러한 남북관계의 악화된 정세와 갈등국면을 보면서 한국교회는 구약성경 역대하20:15 말씀대로 전쟁도 평화도, 남북관계의 신뢰회복도, 한반도 문제의 평화적 해결도 하나님 손에 있음을 믿고 북한동포 복음화를 위해 힘을 모아야 할 시기라 하겠다.

그러므로 우리 크리스천들은 창조적 변동역군으로서 더욱 절실한 기도와 꾸준한 노력으로 남북관계의 새로운 지평을 열어가야 할 때다. 우리가 평화와 통일을 담을 그릇이 됐을때 하나님께서도 전쟁을 막아 주실 것이고 한반도의 평화통일은 물론 북한동포복음화의 길도 열어 주실 것을 확신한다.

우리 크리스천들이 기도하지 않고 방관하다보면 남북관계의 긴장과 갈등은 더욱 심화되고 위기에 처한 북한집단은 벼랑끝 전술로 무력도발도 일으킬 가능성이 있음을 명심하고 투철한 안보의식과 확고한 한반도 평화유지에 대한 신념을 갖고 먼저 기도하며 국민 모두가 함께 우리민족의 생명과 재산을 지켜나가는데 힘을 모아 가야 하겠다.

만약 북한당국의 불장난으로 한반도가 전운에 휩싸인다면 북한은 스스로 자멸할 것은 명약관화한 일이요 우리민족 모두가 공멸의 위기에 처하게 됨을 알아야 할 것이다.

한국교회는 신앙의 불모지인 북녘 땅에 복음이 전파되어 하나님 나라가 확장되도록 하는데 궁극적 목표를 두고 통일선교전략을 구사해 가야한다.

북한공산집단의 반민족적 죄악은 미워하되 북한권력의 통치 지배를 받고 있는 북한 동포들은 복음으로 구원해야할 대상임을 믿고 북한 동포에게 예수리스도의 사랑을, 복음을 전하므로 남북이 그리스도 안에서 하나 되고 평화통일을 이루도록 열심히 기도하고 노력하는 것이 현재의 남북한 간 긴장과 갈들을 해결하고 평화통일을 이루는 최선의 길이라 생각한다.

그러기 위해서는 먼저 우리 크리스천들이 그리스도 안에서 하나 되고 지역갈등과 정파갈등, 계층 간의 갈등과 빈부갈등을 해소하고 사랑과 평화로 하나 되는 복음적인 통일문화를 이루어가도록 뜨거운 기도와 함께 헌신적이 노력이 있어야 하겠다.

에베소서 1장 10절 "하늘에 있는 것이나 땅에 있는 것이 다 그리스도 안에서 통일되게 하려 하심"이라는 말씀대로 그리스도 복음 안에서 우리 동포가 하나 될 때만이 진정한 통일이 이루어 질 수 있음을 알고 통일선교전략에 임해야 하겠다.

그래서 하나님 나라가 북녘 땅에 확장되고 한반도에 하나님이 주신 참된 평화가 정착되어 우리 한 민족이 서로 신뢰하며 그리스도 복음 안에서 사랑하는 평화로운 통일조국을 건설하여 세계 속에 복음의 빛을 발하도록 노력 해 가야 하겠다.

신약성경 마태복음 6장 33절 "너희는 먼저 그의 나라와 그의 의를 구하라 그리하면 이 모든 것을 너희에게 더 하시리라" 는 말씀대로 오직 북한 동포에게 복음을 전하므로 하나님 나라를 확장하겠다는 목표로 북한문화를 고려하면서 확고한 복음을 전하겠다는 신념으로 기도하며 노력해야 하는 것이 하나님께서 우리크리스천들에게 주신 소명이라 생각한다.

평화통일! 하늘의 소망안고 생명의 길로

- 8.15광복절 계기 신문, 방송 등 위에 제시된 여러 언론에 저자의
평화통일사역에 관해 게재된 내용임

가. 민족수난의 역사와 함께 걸어온 삶의 여정

1995년 8.15광복 50주년 기념 남북평화통일음악제가 미국 오하이오주 신시네티에서 열렸습니다.

나는 그때 교단총회 남북한선교통일위원장으로서 기독교계대표로 참여하게 되었습니다. 그런데 미국 뉴욕시 퀸스구 자메이카에 있는 미국에서 제일 큰 국제관문이라 할 수 있는 존 F. 케네디 국제공항 [John F. Kennedy International Airport]에서 오하이오 주로 가는 비행기를 기다리고 있는데 한 외국인이 다가와 일본가는 비행기를 어디서 타느냐고 물었습니다. 친절하게 알려 주고 나서 옆을 보니 내 가방 2개가 몽땅 없어진 것입니다. 광복50주년 기념 통일강연회가 2달 동안 뉴욕, 시카고 등 주요도시에서 예정되어 있어 집사람이 새로 사준 옷가지, 카메라, 각종 여행용품을 가득 넣은 가방이 없어지니 황당했습니다. 더욱이 두 달 동안 강의할 노트가 다 없어져 새롭게 강의안 구성을 하려고 생각하니 앞이 캄캄해 왔습니다.

그러나 다시 마음 가다듬고 가방 잃은 것까지 감사하고 평안한 마음으로 있었더니 동행했던 교계, 학계 지도자들이 그런 지경을 당했는데 어떻게 그렇게 마음이 평화로울 수 있냐면서 나를 격려하기도 했습니다.

지금 생각하면 항상 기뻐하고 범사에 감사하는 마음으로 행복한 삶을 누려가자고 하는 것이 우리집 가훈이자 제 삶의 가치로 삼고 살아온 것이 이런 황당한 상황에서도 기쁨과 감사로 마음에 평화를 가져올 수 있었던 것에 감사했습니다.

오하이오주 신시네티에 도착해서 평양에서 온 예술단원들이 춤과 함께 아리랑, 노들강변, 양산도를 불렀고 한국 성악가들이 청산에 살리라, 그리운 금강산을 불러 마음에 평안을 더해주었고 남북이 점점 가까워짐을 느낄 수 있었습니다. 그리고 참석한 남북대표단과 남북예술인들과 함께 손에 손을 잡고 고향의 봄, 우리의 소원은 통일 노래를 부를 때는 뜨거운 가슴으로 민족이 하나됨을 느낄 수 있었습니다.

민족의 평화통일을 바라보며 가방을 잃어버린 것 정도는 아무것도 아니라는 생각마저 들었습니다. 호텔에 와서 강의 할 주체 측에 전화해서 강의주제를 새로 받고 강의해야할 내용들을 요약해서 정리하여 두 달간 무사히 통일강연도 마칠 수 있었습니다.

나의 생을 돌아보면 우리 민족수난의 역사와 함께 걸어온 삶의 여정이었구나 혼자 생각을 해보기도 했습니다. 저자는 일제치하, 8.15광복, 남북분단, 6.25, 4.19, 보릿고개, 5.16, 공군생활, 학창시절을 겪으면서 푸른 꿈을 키웠습니다.

그리고 공무원, 대학교수, 총장 등을 역임하면서는 민족의 평화통일을 향한 소망가운데 기도하고 열정을 다 바쳐 살아왔습니다.

1949년에는 우리나라 평균수명이 49세였는데 현재는 여자 평균수명이 82세, 남자 평균수명은 76.6세라고 합니다. 2020년에는 세계 65세 이상 고령인구가 20억 명 이상이 된다고 합니다.

앞으로 100세 시대, 120세 시대, 심지어 150세 시대니 하는 현 시점에서 어떻게 하면 은퇴 후의 남은 삶이 건강한 가운데 이웃을 사랑하고 국가와 민족을 사랑하며 사는 보다 값진 삶이 될 수 있을까 하는 마음으로 사는 날까지 소망의 빛을 발하며 열심히 살려고 노력하고 있습니다.

나. 평화통일의 비전 안고 미래로

대학에서는 사법고시의 꿈을 갖고 법률학과에 진학했습니다.

대학 법률학과를 졸업하고 6년 여 간 열심히 사법고시공부를 했는데 사법고시는 합격하지 못하고 당시 3급을류공무원시험에 합격하여 사무관으로 공직생활을 시작하게 되었습니다. 사법고시 합격 못한데 대한 안타까운 마음으로 애태워 하던 중 서울대 행정대학원 석사과정 야간부 응시 자격기준에 당시 사무관급 이상으로 광고가 나서 응시하여 합격했습니다.

공직에서 북한의 기밀자료를 볼 수 있는 비밀취급인가를 갖고 있었기 때문에 북한자료들을 보고 열심히 공부하여 북한행정분야로 행정학 석사학위를 취득했습니다. 당시는 북한분야로 연구하기를 꺼리는 분위기였고 또 북한자료 보기 힘들어 연구하기 어려운 여건이었습니다. 북한을 "북괴"라고 표현하는 시기였기 때문에 교수들에게 객관적 시각에서 미래통일시대 대비한 논문을 쓰기 위해서는 북괴라는 용어보다 북한이라는 용어를 사용해야하지 않겠느냐 설득하여 "북한의 대남심리전략에 관한 연구"로 석사학위를 받게 되었습니다.

석사학위논문에서 많은 북한자료들을 분석하고 귀순자 신문을 통해 북한사람들의 심리를 연구하여 효율적인 평화통일 사역을 수행하는데 필요하리라 생각하고 이 분야로 북한행정에 관한 최초의 석사학위를 받게 된 것입니다.

그 후 단국대 대학원에서 박사학위과정을 마치고 "북한의 관료

체제에 관한 연구"로 행정학박사학위를 취득했습니다. 당시 김일성 사망설이 있어서 6개월 지연되기도 했지만 지금 생각하면 북한에 관한 더 좋은 논문을 쓰라는 하나님의 섭리로 생각하고 감사하며 북한에 대한 외국논문들을 보완하여 다음 학기에 제출했더니 우수한 논문으로 인정받아 북한행정 분야 박사학위를 받게 되었습니다.

북한행정 분야로 박사학위를 받고 나니 대학에서 북한학관련 분야 강좌가 개설되자 필요한 대학교재를 발간해야겠다는 일념으로 북한행정론, 통일의 길목, 통일의 그날, 마음으로 여는 통일, 꿈에도 소원은 통일, 북한경제와 경영, 평양에서 본 북한사회, 북한 기독교와 통일선교 등 30여권의 저서를 펴내 대학교재로 채택이 되어 각 대학 통일, 북한관련 강의를 하게 되었습니다.

어느날 대학 총장들이 모인자리에서 통일선교, 북한학 관련 주제의 강의를 했는데 강의가 끝나고 나서 대학에 북한학과가 설치 됐으니 북한학과 교수로 와달라는 청빙 제안이 들어왔습니다.

그래서 대학교수로 옮겨 통일사역자 양성에 매진하는 것이 앞으로 통일시대 대비하는 길이라 생각되어 그동안 봉직했던 공직을 사직하고 관동대 북한학과 교수로 자리를 옮기게 되었습니다.

관동대 북한학과 교수로 부임해서 북한과 가까운 동해안 지역을 돌아보면서 통일관련 시와 산문을 쓰기 시작하여 문단에도 등단했고 특히 금강산 관광이 이루어지면서는 바닷길과 육로로 오가면서 "금강산에 메아리친 통일의 노래" 시집을 펴내기도 했습니다. 그리고 평양과 개성, 남포 등 북한의 여러 지역을 다니면서는 "평양 하늘을 울리는 사랑의 노래" 시집을 펴냈고 미국, 캐나다, 중국, 일본, 러시아, 유럽 등지에 강의차 순방하면서는 "세계로 하나로 달리는 진리의 빛" 이라는 시집을 펴내기도 했습니다.

이번 제4통일 시집 "평화 통일 생명의 길로"를 펴내게 하신 하나님께 감사드립니다.

이처럼 통일사역을 하는 동안 에피소드도 많았습니다.

관동대 북한학과 교수로 재직하면서 하루는 강릉 가는 버스를 타고 강의 준비를 하느라 내가 쓴 북한학 책을 보고 있었는데 갑자기 경찰차의 경적이 울리더니 버스를 세우는 것이었습니다. 경찰이 버스로 올라오더니 신고가 들어왔다고 하면서 다짜고짜 내 가방을 보자고 하고 책을 뒤지다가 신분증 제시를 요구했습니다. 관동대 북한학과 교수 신분증과 함께 대통령이 발행한 민주평화통일자문회의(헌법기관) 상임위원증을 보여줬더니 죄송하다고 하면서 경례를 하고 버스에서 내리는 것이었습니다.

알고 보니 북한학 책을 보고 있는 나를 버스에 탄 승객이 오인하고 신고한 것이라는 것을 감지하고 일어서서 여러분 반공정신이 투철해서 신고해준 분에게 감사한다고 말하면서 관동대 북한학과 교수라는 내 신분을 밝히자 모두 박수를 치는 것이었습니다.

사실 북한학 공부를 하다 보니 이런 오해를 받은 때도 많았고 특히 냉전시기 이데올로기 갈등이 심한 때라 여러 가지로 힘든 일도 많았습니다.

그러나 저는 흔들림 없이 북한에 대한 객관적이고 바른 인식을 심어주고 건전한 통일문화 창출에 기여해 보겠다는 일념으로 열심히 노력해 왔습니다.

다. 소망의 여정, 통일로 가는 길 생명의 길

통일로 가는 길에서 특히 방송, 신문 등 언론기관과의 관계는 잊을 수 없습니다. KBS, MBC, SBS 등 통일, 북한분야 TV방송은 물론, 라디오방송에 고정 출연을 하게 되었습니다. 특히 KBS의 통일로 가는 길 등 통일관련 프로, MBC의 두고 온 산하 등 북한관련 프로, SBS의 출발모닝와이드 등 통일관련 프로에 출연 통일문화 창출에 기여하기도 했습니다.

통일로 가는 길을 여는 데는 공직에서 함께했던 동료들의 도움과 학계 교수들의 학술적 도움을 많이 받았습니다. 특히 북한학을 공부할 수 있도록 서울시공무원을 하면서 뒷바라지 해준 아내의 눈물의 기도와 내조를 잊을 수 없습니다.

큰딸 박정란 양도 아빠 뒤를 이어 북한학 박사학위를 이화여대에서 받아 국내 여성 북한학박사 1호가되어 서울대 통일평화연구소 연구위원으로 재직하다가 외국에 한국학교수로 봉직하고 있습니다.

정권이 바뀔 때마다 북한에 대한 시각이나 통일정책도 많은 변화를 갖게 되었습니다. 나는 헌법기관인 민주평화통일자문회의 상임위원과 통일부 통일정책자문위원을 역임하면서 북한 학자로써 북한에 관한 정확한 진단과 함께 한국의 통일정책의 발전을 위해 노력하기도 했습니다.

그리고 전국 각 행정기기관은 물론 교육기관, 기업체를 순회하며 통일교육을 했고 미국, 캐나다, 중국, 러시아, 일본, 유럽 등 여러 국가의 초청을 받아 세계평화와 한반도통일의 필요성에 관한 강연을 하기도 했습니다.

또한 남북 종교계 대표회의에 참여하면서 평화통일의 필요성을 강조하기도 했습니다. 특히 학계에서는 관동대 법정대학 북한학과 교수로 봉직하면서는 남북학자회담에 대표로 참여하면서 평양, 개성, 남포, 금강산, 백두산, 묘향산 등 북한의 여러 지역을 돌아보기도 했습니다.

평양에서 고려호텔, 양각도 호텔, 보통강려관(북한에서는 호텔도 여관이라 함) 북한지도자들과 만날 때 북한지도자들은 남한이나 북한이라는 용어는 분단을 고착화하는 것이기 때문에 남녘, 북녘 또는 남측 북측이라는 용어를 쓰기를 강조했습니다.

그런데 기독교계대표로 평양의 칠골교회, 봉수교회, 가정교회를 방문했을 때 봉수교회 근교 보통강려관에서 저녁 만찬 시에 북한의 최고인민회의(한국 국회에 해당) 상임위원이며 조선그리스도교련맹 위원장이 인사말을 하면서 나를 보며 박완신 박사님은 북한학으로 박사학위를 받았다고 북한이란 용어를 쓰면서 수령님 비판 좀 하지 말아주세요 주문하는 것이었습니다.

그동안 내가 쓴 북한, 통일관련 저서가 25권정도 되는데 책 내용이나 신문 방송 등 언론을 통해 보도된 북한지도자 우상화는 안된다고 비판한 내용에 대해 자제해 달라는 주문을 하는 것이었습니다.

사실 북한에는 김일성 그이는 한울님이란 책까지 나와 있고 김정일은 우리의 하늘이요 운명이라 하고 있으며 김정은은 포의 달인, 외국어에 능통하다고 선전하고 있어 이러한 지도자에 대한 지나친 우상신권체제보다 북한주민들의 권익이 보장되어야할 필요성을 강조한 것을 보고 나에게 주문한 것을 알 수 있었습니다.

관동대 법정대학 북한학과 교수를 은퇴하고 나서 통일과 북한선교를 위해 설립된 학교법인 한민족학원 산하 세계 사이버대 총장에 취임하였습니다.

세계 사이버대 총장을 역임하면서는 사이버대 총장들로 구성된 한국원격대학협의회 이사를 맡아 정보화 시대에 필요한 온라인 교육에 관심을 갖게 되었고 북한의 조선컴퓨터센터 등을 돌아보면서 북한의 인터넷, 정보화 수준도 알게 되었습니다.

사이버대 총장을 끝으로 모든 공직과 교직에서 은퇴하고 나니 처음에는 허전했지만 바로 방배동 집 앞 헬스장에 등록하여 운동으로 육신의 건강을 챙기고 방배복지관에 등록하여 컴퓨터, 아코디언을 배우면서 정서생활로 정신건강을 도모하기도 했습니다.

그런데 뜻하지 않게 형사, 민사 소송사건을 접하게 되었습니다. 총장재임 당시 임대료를 과다 지급했다고 교과부 감사에 지적당해 형사고발된 것입니다. 처음 검찰 소환을 받고 어이가 없었습니다. 내가 봉직한 대학발전을 위해 공의롭게 운영하면서 교직원간 화합을 도모하며 사기를 높여 주었고 대외적으로는 각 언론기관에 적극 홍보하여 입학생 모집도 잘하여 대학발전을 위해 최선의 노력을 다 했는데 검찰에 고발을 당하다니 도대체 이해가 되질 않았습니다.

그리고 학교가 빌려 쓰고 있는 건물과 토지 임대료를 역대총장들이 지급해오던 것을 관례적으로 지급했을 뿐인데 감사에서 지적당하고 감사받을 때 한 번도 진술할 기회조차 갖지 못했던 나에게 검찰고발이라니 법리상으로나 행정절차상으로나 이해가 되지 않았습니다.

이러한 상황을 접하면서 장인, 장모님은 중환자실에 입원해 있었고 나를 평생 뒷바라지 해준 아내는 허리 수술을 해서 가정까지 심한 고통의 늪으로 빠져 들어갔습니다. 장인 장례식 치르는 날 검찰 소환 날짜와 겹쳐 검찰에 가서 수사를 받았던 일 생각하면 억울하기 이를 데 없었습니다.

그 어려운 지경에서도 하나님께만 전적으로 위탁하며 담대하게 대처할 수 있었던 힘을 주신 하나님께 감사드립니다.

총장퇴임 후 2012년부터 시작된 이 사건은 2013년 12월에 결국 검찰의 공의로운 판단으로 무혐의 처분을 받았지만 세상에 이처럼 억울하게 당할 수도 있겠구나 생각하고 그때부터 국민의 억울한 일을 해결해 주는데 앞장서야겠구나 하는 마음이 싹트기 시작했습니다.

형사사건이 끝나고 나니 2014년 6월 전자소송 소장이 또 날라 왔습니다. 학교법인으로부터 손해배상청구소송을 제기해온 것입니다. 교직원의 잘못 때문에 총장은 최종 결재자로서의 고의과실로 불법행위에 공모했거나 방조했고 선량한 관리자의 주의의무를 해태하여 손해를 배상해야 된다는 것이었습니다.

　소장을 보니 교직원들의 진술내용에 근거하여 총장지시로 이 일이 이루어 졌기 때문에 총장에게 손해배상책임이 있다는 황당한 주장이었습니다.

　교직원들은 다 현직에 있기 때문에 민형사 책임대상이 되면 징계 책임까지 져야하는 위치에 있고 또한 학교법인이나 학교당국의 지시나 방향을 따르지 않을 수 없어 소장(訴狀)에서 마치 최종 정책결정권자인 총장의 지시로 그 일이 이루어 진 것으로 진술했겠지만 그 진술만을 토대로 손해배상청구소송을 퇴임한 총장을 상대로만 제기했다는 것은 법 논리나 인륜 도의상으로도 있을 수 없는 일이라 생각되었습니다. 그리고 교과부 감사에서도 한 번도 진술할 기회를 주지 않았고 이의제기 기회도 주지 않아 행정절차상 문제도 있다고 생각되었습니다. 그러나 결재라인 선상에 있는 교직원들에게 책임을 묻지도 않았습니다.

　그런데 이 사건을 1년 6개월여 변호사와 함께 소송을 하면서도 그저 하나님께 감사하는 마음으로 기도하며 정의는 반드시 승리하리라는 확신을 갖고 소송에 임했습니다. 결국 2015년 6월 19일 지방법원 1심판결선고에서 원고의 청구는 기각당하고 저자가 승소판결을 받았습니다.

　그런데 학교법인은 다시 서울고등법원에 항소한 것입니다. 마음이 아팠지만 다시 하나님께 간절한 기도를 드렸습니다. 공의로우신 하나님께서 재판장이 되셔서 공의로운 판결을 내리게 해 달라고 기도드렸습니다.

결국 2심에서도 공의의 하나님께서는 2015년 10월 14일 "원고의 항소를 기각한다"는 승소판결을 저에게 선물로 주셨고 원고측은 상고를 포기함으로 2015년 11월 3일 저의 승소가 확정되었습니다. 이번 소송에서 저의 승소는 전적인 하나님의 역사임을 믿고 전능하신 하나님께 영광 돌리며 감사를 드립니다.

역시 사법부의 정의가 살아 있구나 하는 감사한 마음으로 법원을 나설 때 그저 이런 사건 주셔서 잘 이겨내게 하신 하나님께 감사기도 드렸습니다.

대학 총장 임기를 마치고 3년 여간 형사, 민사사건으로 억울한 수사와 재판을 받고 있을 때 전적으로 하나님께만 의지하며 간절한 기도로 승리하게 하신 공의의 하나님께 다시 한 번 감사를 드립니다.

폭풍우 몰아치는 밤에도 오직 하늘을 보며 절대적 기쁨과 감사로 시련을 이기는 지혜를 주신 하나님께 감사드립니다.

고난은 곧 교육이라는 진리를 깊이 깨닫고 이 고난, 이 시련이 남은여생 국가의 공의를 위해 국민들의 억울한 일들을 해결하도록 하기위해 주신 하나님의 선물이라 생각하고 감사드립니다.

공무원, 대학교수, 사이버대 총장 등 공직과 교직에서 은퇴하고 나니 2013년도 행정사법이 새롭게 개정되어 제1회 행정사시험이 실시되어 3회에 걸쳐 9백여 명이 합격했는데 저는 사무관, 서기관 공직경력자로 제1회에 합격하여 "행정심판 소망" 사무소를 개업하여 대표행정사로서 행정적으로 억울한 일을 당한 국민을 위해 봉사할 수 있는 기회가 주어져 감사하고 있습니다.

더욱이 대한행정사협회 교육부회장으로서 정부위탁을 받아 시험출신행정사와 고위공직자들에 대한 행정사 교육으로 창업컨설팅교육을 하고 있다는 것 너무 큰 보람으로 생각하고 있습니다.

그래서 지난시절 공직생활과 교수, 총장을 역임하면서 대접받고 살아왔기 때문에 이제 그동안 국가로부터 이웃으로부터 받은 사랑에 빚 진자로서 과거의 대접받던 나 자신을 내려놓고 섬기는 자세로 국가를 위해, 국민을 위해 봉사하며 살기로 다짐해 봅니다.

특히 어려움을 당한 국민들의 행정적인 아픔을 해결해 줌으로서 국민과 행정부간의 갈등조정은 물론, 계층 간, 지역 간, 빈부 간 갈등을 해결하고 남남갈등을 해소함으로서 통일문화창출에도 조금이나마 기여했으면 하는 마음 간절합니다. 광복 70년, 분단 70년을 보내면서 아직도 세계 유일한단국으로 남은 우리 한반도를 통일의 길로 인도하여 북녘동포들을 생명의 길로 인도해 내야합니다.

이러한 평화통일! 생명의 길로 가는 길에서 한반도의 평화통일을 이루려면 우리국민 모두가 먼저 통일을 담을 그릇이 되어야 하고 남남갈등과 남북갈등을 해소하는 통일문화 창출에 앞장서야합니다. 남한에서 먼저 계층 간, 지역 간, 세대 간, 계파 간, 남녀노소 모두가 통일문화 창출에 앞장서야 통일의 길, 생명의 길을 열어 갈 수가 있습니다.

길이요 진리요 생명이신 예수그리스도, 십자가와 부활의 복음을 저 북녘 땅에 전하므로 북한 동포들을 생명의 길로 인도해 내야 합니다.

저는 중국 여러 성에 가서 성장, 시장 등 관료 대상, 경영전략 강의 시 초대받아 식당에 가면 복(福)자가 거꾸로 쓴 문구가 붙어있는 것을 볼 수 있었습니다. 하늘에서 복을 내리는데 본인이 복을 담을 그릇이 되야 한다고 합니다.

우리 모두가 먼저 남남 갈들을 해소하는데 앞장서서 통일문화창출에 기여하고 통일을 달을 그릇이 되어야 합니다.

저는 고위 공무원, 대학교수, 사이버대 총장을 끝으로 지금은 대한행정사협회 교육부회장으로서 2013년도 개정행정사법에 따라 실시된 시험출신 행정사와 공직고위공직자에 대한 정부위탁으로 행정사 법령, 제도, 컨설팅교육을 실시하고 있습니다.

특히 창업컨설팅 교육을 통해서는 은퇴 후 소망을 갖고 고령화 시대 건강하게 살아가는 방법, 국가와 민족을 향한 남남갈등, 남북 간 갈등을 해결하는데 기여하도록 하고, 마지막 남은여생을 국가와 국민을 위한 섬김과 봉사로서 행정사법 제1조의 목적대로 행정관련 국민편익을 도모하고 행정제도의 건전한 발전에 기여하도록 노력하자고 다짐하고 있습니다.

일이 있는 것이 행복하고 그 일을 즐기는 사람이 더 행복하다고 생각합니다. 저는 70대 나이에도 건강하게 일할 수 있는 이 자체가 너무 행복하고 내가 전공하고 경험한 분야에서 이 일을 즐기며 할 수 있다는 것에 더 행복하다 생각하고 감사하고 있습니다.

더욱이 올해는 광복 70년, 분단 70년이 되는 해입니다. 부모가 자녀들을 사랑하는 마음으로 아픈 이웃과 북녘동포들을사랑하며 통일을 향한 열정을 꽃피워 나갔으면 합니다.

앞으로 남은여생 건강하게 살면서 통일시대 대비, 남북의 행정제도 통합발전은 물론 남북 동포들에 대한 행정적인 편익을 위해 노력함으로써 민족통합에 기여하고 한반도 평화통일에 최선의 노력을 다하며 열심히 살도록 다짐해 봅니다.

가정에서부터 사랑으로 하나(주례사)

―본 주례사는 저자가 소망교회 장로로서 공직, 교수, 대학 총장을 역임하면서
그 동안 수많은 결혼식에 주례로 참여 하면서 새 가정을 이룬
신랑 신부 결혼생활에 도움이 될 주례사를 했던 내용을 간추려 게재한 것임―

계절(꽃피는 봄, 축복의 단비, 가을단풍, 추운겨울, 흰눈)에 맞는
인사, 하객 축하 감사.

신랑, 신부의 모습, 주요 약력 등 소개.

결혼하면 새 가정 이룸.

가정은 사회 기초단위, 가정을 잘 가꾸어야 개인도 건강, 장수하
고 국가도 사회도 아름답게 발전, "가화만사성"이란 말 있음. 가
정이 화목해야 만사가 형통하고 행복할 수 있음.

가정을 행복하고 화목한 가정으로 가꾸려면

첫째, 서로의 믿음이 중요.

서로 의심하면 안 됨, 어떤 일이 있어도 믿어야함.

(믿는자들에게는 하나님을 믿고 살 때 부부간에 믿음도 굳건해짐
을 강조)

둘째, 소망가지고 긍정적, 감사와 기쁨의 삶

비젼과 꿈이 없는 사람은 큰일을 이룰 수 없음. 링컨 가난, 대통
령 꿈, 요셉 꿈 애급총리 됨.

긍정적이고 감사하는 자 축복. 부정적, 불평한자 잘 안됨 감사할
때 일이 잘 풀리고 성공.

그리고 기쁘게 살아야 건강, 웃음(눈물), 다이돌핀(앤돌핀의 천

배)암세포도 녹임.

물질 잃으면 조그만 것 잃고 명예 잃으면 많은 것 잃고 건강 잃으면 모든 것 다 잃음.

특히 건강하게 오래 살려면 음식을 잘 먹거나 운동을 규칙적으로 하는 것이 중요.

그러나 마음의 평안, 심리적 안정이 더 중요.

심리적 안정을 이루는 데는 가족이 화목해야 함. 가족이 개인의 생활양식을 결정하는 가장 기초적인 사회적 단위이기 때문임.

서구와 일본의 백세 장수인 연구결과에 따르면 "가족과 자주 접촉하고 좋은 관계를 유지한다"는 공통점이 있음.

오늘 결혼한 신랑 신부는 부부간에 화목하므로 건강하게 오래 오래 사시기 바람.

셋째, 가정이 행복하려면 절대적 사랑이 필요.

남의 남편 장점, 남의 아내 장점 비교 말 것

돈, 미모 등 외적인 것 비교는 더욱 금물.

믿음 소망 사랑 중 그중에 제일은 사랑이라고 성경에 기록하고 있음.

2005, 9월 평양행, 북경 경유 시 펭귄 영화 봄, 얼음벌판에서 알을 낳아 발등에 품고 굴리며 따뜻하게 보호, 새끼로 탄생, 몸으로 보호, 훈련시킴, 동물도 사랑으로 생명력 탄생.

사랑은 생명임, 사람은 사랑을 먹고 삶

이러한 사랑이 부모에 대한 효, 형제와 이웃에 대한 사랑, 국가에 대한 충성으로 이어 져야함. 요즈음 핵가족화로 부모님들 외로움, 사랑으로 보호해야할 필요성 있음.

형제와 화목, 이웃에게 사랑을 베풀어야함.

그리고 국가와 사회에 충성 봉사해야함.

국가가 있기에 우리가 있음을 알아야 함.

나만 잘살면 된다는 개인이기주의는 버려야함

결론적으로 오늘 결혼하게 된 신랑 신부는 가정에서부터 사랑으로 하나 되어 새 가정을 잘 가꾸고 화목한 가족관계를 유지하므로 사회통합, 국민통합을 이루기 바람.

그리고 서로 믿음 안에서 사랑하며 존중하고 비젼을 갖고 복된 가정 이루어 국가와 민족을 위해 평화통일을 위해 크게 기여하는 가정 이루시길 기원함.

하늘의 영광, 소망의 빛을 위해 두손을 모으고(기도문)

－서울 강남구 압구정동에 위치한 소망교회 시무장로로 20년 이상 섬기면서
2010년 1월 10일 5부 예배시간에 원로장로로 추대 받기 전까지
소망교회 대 예배시 대표기도를 하나님께 드린 기도문중 공통의 기도내용임.
교회절기 따라 기도내용이 약간 달라질 수 있음－

인류의 소망이요 빛이시는 하나님!

세상 죄로 죽을 수밖에 없는 저희들을 십자가의 보혈로 구속해 주시고 영원한 생명을 누리며 살 수 있는 특권을 주신 은혜에 감사 드립니다.

인류구원을 위해 예고된 십자가 고난의 길을 자원적으로 걸으신 주님의 위대한 계시적 사건을 깊이 깨닫게 하옵소서.

그래서 힘들고 어려운 이세상의 고통 속에서도 주님십자가상의 고난을 보며 모든 고난에서 자유하게 하시고 주님 부활의 영광을 보며 기쁨과 소망이 넘치는 승리의 삶을 살게 하여 주시옵기를 간절히 기도하옵나이다.

전능하신 하나님 !

국내외 정세의 급변하는 소용돌이 속에서도 영원히 변치 않는 진리의 말씀으로 무장하게 하셔서 주변 환경에 메이지 않게 하시고 변치 않는 절대적 진리 안에서 참된 자유와 평화를 누리며 살 수 있도록 힘을 더해 주시옵소서.

우리를 늘 자유롭게 하신 주님만을 바라보며 이 자유의 고마움을 알고 신앙의 자유를 굳게 지켜 나가는 하나님의 종들이 되게 하옵

소서. 사랑의 종이 되므로 미움에서 자유하고 의의 종이 되므로 불의에서 자유하는 하나님의 자녀로서의 바른 삶을 살 수 있도록 도와주시옵기만을 간절히 기도하옵나이다.

주님! 우리 소망교회에 속한 가족들 중 병약해서, 직장이나 사업관계로, 진학문제로 어려움을 당한 자 있거든 위로해 주시고 이들의 비밀한 소원을 들어 응답해 주옵소서. 어떤 고난과 역경 가운데서도 주님 십자가상의 고난을 바라보며 위로 받게 하시고 항상 주님과 동행하는 가운데 형통함의 축복을 받는 복된 삶을 살 수 있도록 도와주시옵기를 간절히 기도하옵나이다.

인류역사를 섭리하시는 하나님!

우리나라와 민족을 사랑하셔서 그 숱한 고난 속에서도 이만한 발전을 이루게 하신 은혜에 감사드립니다.

정치, 경제, 사회, 문화, 교육 등 각 분야의 지도자는 물론 우리 국민 모두에게 먼저 하나님을 두려워하는 마음을 주시고 사랑과 화해의 영을 더하셔서 서로 사랑하고 협력하므로 자기 조직이나 정파보다 먼저 나라와 민족을 생각하게 하옵소서.

그리하여 정치발전·경제성장의 계기가 되게 하시고 국민화합과 민족통합을 이루게 하옵소서. 굳게 닫힌 저 북녘 땅에도 신앙의 자유를 허락하시고 가난과 억압에서 벗어나게 하옵소서.

교회의 머리가 되신 주님!

하나님 뜻이 계셔서 이곳에 소망교회를 세워주시고 이처럼 큰 성장을 이루게 하셔서 저 북방나라들과 세계속에 진리의 빛, 평화의 빛을 발하게 하신 은혜에 감사드립니다. 우리소망교회가 세상의 빛이 되게 하시고 하나님나라확장에 더욱 큰 기여를 할 수 있도록 도와주시옵기를 간절히 기도하옵나이다.

특별히 오늘 단위에 세우신 목사님, 영육 간에 강건하게 하셔서 권세 있는 말씀을 전하게 하시고 목사님을 통해 전해지는 진리의 말씀이 책자나 인터넷을 통해 전해지는 곳마다 구원의 역사, 생명의 역사를 이루게 하옵소서.

이 시간 예배드리는 저희들 모두는 오직 감사로 예배드리게 하시고 하나님께만 영광을 돌려드리는 거룩한 산 제사를 드리게 하옵소서. 그리고 교회 안팎에서 예배를 돕기 위해 섬기며 봉사하는 주의 종들의 그 수고와 헌신을 위로해 주시고 찬양으로 하나님께 영광돌리는 찬양대를 축복하셔서 하나님만을 기쁘게 해드리는 찬양을 하게 하옵소서.

은혜로우신 주님!

오늘 하나님께 드려지는 이 예배가 온전히 신령과 진정으로 드려지는 예배가 되게 하시고 우리 모두는 은혜의 샘이 넘치게 하여 주시옵기를 간절히 바라오며, 이 모든 말씀을 우리 주 예수 그리스도 이름으로 기도하옵나이다. — 아멘 —

제7부

평화와 통일의 노래

(박완신 작사, 최영섭 작곡 악보)

하늘문을 바라보며

박 완 신 작사
최 영 섭 작곡
(2015.10.11)

보 -며 소망동 산 가-꾸세
자 -를 남로 남 로 슬-프다
모 -아 형제 자 매 하-나로

주 님만 을 의-지 하 -니 우-리 모 -두 기-쁘
뜨 거운 -가-슴으 -로 사랑의 빛 - -비-추
두 손를 고기-도 하 -며 감 - -사 -로 살 아가

네 네세

(후렴) 주 님 손 - - - 피-실 때 더 -

평화로 연 통일

웃 음 으 - 로   함 께 웃 으 며
사 랑 으 - 로   생 명 길 열 어

칠 천 만   의   뜨 거 운 손   하 나 로 잡 -
통 일 의   -   꽃 핀 동 산   힘 - 써 가 꾸

아   세   평   화 로   통 일 의 문
세   평   화 로   열 린 통 일

다

평 화 로 연

통 – 일   평 화 로 연 통 – 일

아　　　평화로연　　통 - 일 이역　　달　려오 -

다

북녘하늘

작사 : 박완신
작곡 : 김기웅

Moderato Slow

사 랑 의 메 아 - 리 는   남 북 을 오 가 는   데
자 유 의 종 소 - 리 는   온 누 리 에 퍼 지 는   데
잊 혀 진 북 녘 - 하 늘   구 원 의 빛 내 리   면

분 단 - 의   아 픔 속 에   세 월 만 흘 러 흘   러
빛 잃 - 은   북 녘 하 늘   먹 구 름 덮 - -   혀
온 세 상 이   축 복 으 로   주 이 름 찬 양 하   네

소 망 의 돛 을 - 달   고   힘 차 게 저 어 가   자
사 랑 의 돛 을 - 달   고   힘 차 게 저 어 가   자
복 음 의 일 꾼 - 되   어   말 씀 의 증 인 되   리

통 일 - 로   가 는 길 이   우 리 를 부 른 -   다
통 일 - 로   가 는 길 이   우 리 를 부 른 -   다
진 리 - 의   주 의 음 성   우 리 를 부 른 -   다

자유로평화심고　　평화로자유심 어 ―

자유로평화심고　　　평화로 자유심

믿음과사랑으 로　잡은손뜨거웠 네

어 ― 사랑으로

평화로 하나

작사 : 박완신
작곡 : 김기웅

하 나 　　　온 겨 레 　　믿 음 으 로 　　　노 래 부 르

하 - - - - 나 온 겨 레 　　믿 음 으 로 　　　노 래 부 르

자 　　　　　서 울 과 　평 양 하 늘 　　　　평 화 로

자 　　　　　서 울 과 　평 양 하 늘 　　　　평 화 로

물 들 었 　　네

물 들 었 　　네

저자와
협의하여
인지 생략

평화통일 생명의 길로
– 남은자의 푸른 꿈

지은이 | 박 완 신
펴낸이 | 一庚 張少任
펴낸곳 | 답게

초판 인쇄 | 2015년 12월 20일
초판 발행 | 2015년 12월 25일

등록 | 1990년 2월 28일, 제21-140호
주소 | 143-838 서울시 광진구 면목로 29(2층)
전화 | (편 집)469-0464, 462-0464
     (영 업)463-0464, 498-0464
팩스 | 02)498-0463
홈페이지 | www.dapgae.co.kr
e-mail | dapgae@gmail.com, dapgae@korea.com

ISBN 89-7574-281-1

나답게 · 우리답게 · 책답게